Bernard de Fonclare

W0397312

Les trucidés de l'impasse

Enigme à Saint-Brieuc

ROMAN

Collection
Breizh Noir

le ressac reprenait. La marée vitrifiée descendait la rue au rythme d'une cascade syncopée, se gonflant et se dégonflant sous la puissance du jet.

Et toujours, l'homme au visage impassible, le teint rougeaud, le cheveu noir et court, les prunelles sombres, poussait devant lui les restes des soûleries des étudiants du jeudi soir. Jusqu'à la grille d'égout qui ferait disparaître les particules qui jaillissaient du pavé. Comme les lançons des flots lorsque les bars se mettaient en chasse sur les sables des Rosaires, à peine recouverts par la marée montante...

Mais ici, dans ce quartier historique de la préfecture, les bars étaient d'un genre différent. Pas de beaux poissons vigoureux mais de sordides débits de boissons. Peu fréquentés par les jeunes cependant. Ceux-ci venaient avec leur munition, leurs poisons plutôt. Il m'arrivait d'en croiser, sous mes fenêtres, quelques heures avant le rassemblement intronisé comme traditionnel. Ils déambulaient en petites bandes, consommaient des liquides brutaux qui avaient vite faits de les enivrer dans l'encoignure des portes, comme des voyous détroussant des petites vieilles.

Puis, à mesure que la nuit s'avançait, le pire, c'était l'hiver, ils s'amassaient sur la petite place, mignonne et calme dans la journée, avec son grand noyer du Caucase et sa fontaine qui murmurait le bonheur tranquille. Les gamins faisaient autant de bruits que les étourneaux dans les arbres réunis par centaine pour passer les nuits dans la moiteur de leur promiscuité de plumes. Ça piaillait, ça bruissait de cris gutturaux et d'appels éructés entre deux gorgées ou deux prises de bec. Et quand les contenants étaient vides, à l'image des fientes des passereaux souillant les branches basses, les ivrognes les lâchaient au sol ou les expédiaient au bas des murs. Les plus délicats posaient les bouteilles devenues inutiles près des poubelles débordantes des premiers cadavres. Mais ces vestiges étaient vite balayés et pulvérisés par les plus ivres.

Quelle tristesse ! Notre belle jeunesse s'esquintait dans ces pratiques soi-disant festives. Mais que l'alcool était triste quand au-delà de la joie partagée autour d'un verre, il plongeait ces gamines délestées de toute féminité sous les sévices de l'ivresse, quel spectacle ! et ces garçons dans une déchéance insupportable.

Heureusement que ces agapes déprimantes n'avaient lieu qu'une fois par semaine. Plus, je ne le supporterais pas. C'était mon écot à payer pour continuer à habiter ce petit coin tranquille de la vieille ville.

J'y vivais depuis toujours. Mes parents avaient acheté en 1946. L'appartement du premier étage de cette demeure historique, moyenâgeuse à souhait et tout en coin et recoin. Mes vieux tenaient une charcuterie place de la Grille, à moins de cent mètres de là, au bas de la rue Fardel. Après guerre, si on n'avait pas peur de trimer, on faisait son beurre ou son lard. Mon paternel, un colosse de cent-dix kilos, le tranchait à toute heure et ma mère, une minuscule dame, à la caisse, le vendait avec un beau sourire de confiance.

Des fous de boulot, mes vieux. A peine une semaine de vacances par an. Et encore, c'était pour visiter des élevages ; à Paray-le-Monial, pour les Charolais, dans le Cantal, pour les Salers, dans la Sarthe, à Loué, pour les volailles. Je serais bien devenu comme eux, débitant du steak ou de la macreuse, ma femme emballant dans du papier huilé des tranches de bavette ou du foie.

Mais comme ils n'avaient eu que moi, ils m'ont

obligé à faire des études pour devenir notaire. Pendant vingt ans, après mes études à Rennes - une trop grande ville trop loin de la mer - j'étais devenu le bras droit de Maître Le Guen, dans son étude, un bel hôtel particulier de la rue du Combat des Trente. Puis, ce notable fut pris la main dans le sac - façon de parler - avec sa maîtresse dans son bureau par sa femme et ses enfants, revenus plus tôt que prévu de la plage... Le lendemain, le courageux personnage se suicidait après avoir mis le feu à son étude. Comme je ne voulais pas quitter la ville, j'étais devenu agent immobilier.

Avec mon héritage (mes parents s'étaient tués en voiture, à Louhans, dans la Bresse après une visite trop arrosée), j'avais créé ma boite. Cela avait bien marché jusqu'en 2008. Puis la crise. J'avais dû licencier deux salariés et quelques mois plus tard ma secrétaire. Depuis, je faisais venir une petite qui venait deux matinées par semaine pour la compta et le courrier. Je la gardais même pour la journée si j'en mettais le prix. Et comme j'en avais les moyens, de temps en temps, j'arrondissais sa paie au-delà de ce que la décence l'entendait pour qu'elle m'accordât ses faveurs. Elle avait vingt-cinq ans, moi le double. Elle était très ordinaire physiquement et un peu bêtasse mais cela me donnait l'illusion d'être encore un homme.

C'était moche, je le savais mais je ne m'étais jamais marié car ma tronche, comme le chantait un gars du 14° arrondissement de Panam, ce n'était pas une fleur...

La vie s'écoulait ainsi depuis l'effondrement de ma boutique, morne et affligeante entre mes rares clients, mon logement trop grand pour moi, mon agence qui se sclérosait à petit feu et mes balades sur la plage, seul endroit où je retrouvais un peu d'enthousiasme.

Mais, ce matin-là, une animation inhabituelle réveillait le quartier pourtant bien engoncé dans son hibernation. En plein mois de janvier, rien ne bougeait avant huit heures. J'étais une des rares personnes à m'aventurer à pied en direction des halles pour acheter ma baguette. Pourtant, deux véhicules de police barraient la rue. Des types, habillés comme Neil Armstrong ou pire, comme des agents de la centrale de Fukushima, sortaient du matériel d'un camion blanc. Des flics en uniforme, derrière une banderole rouge et blanche qui délimitait une zone, repoussaient les badauds dans lesquels je reconnaissais des voisins.

- Que se passe-t-il ? demandai-je à un petit vieux appuyé sur une canne, un binoclard à chapeau de feutre (l'ancien bijoutier du quartier), qui ne perdait pas une miette de la scène.

- On a retrouvé des corps, répondit d'un ton important le personnage tremblotant sur ses jambes.

- Sans blague ?

La nouvelle me stupéfiait. Elle avait de quoi.

- Si, si ! Trois, les uns sur les autres. Que des os ou presque. On en a retrouvé des bouts dans la venelle qui descend vers le Gouët.

- Comment est-ce possible ?

Et là, ce fut une voix derrière moi qui répondit. Un grand type rougeaud, aux joues flasques, le cheveu ras. Le boucher justement. Il était en livraison mais comme la rue était bloquée, il voulait en connaître les raisons.

- Et bien, d'après ce que j'ai compris, commençait l'homme en parlant bas sur le ton de la confidence, les pluies des dernières semaines ont entraîné des ravinements. Et comme le chantier des fondations du bâtiment qui va se construire est arrêté, l'entreprise est en liquidation, il y a eu un éboulement de terrain et voilà...

Ah, ce fameux bâtiment qu'allait défigurer notre coin. Le projet me scandalisait mais que pouvait-on contre les promoteurs ? Ils avaient fait le forcing, balayé toutes les contestations, pétitions et autres et obtenu le droit de construire cette horreur. Le plan du bazar, comme je l'appelais, était en mairie et même en ligne sur le site de l'entrepreneur en liquidation. Tout le monde pouvait se faire une idée de la verrue qu'on allait nous mettre en plein cœur de notre cité bretonne. Mais, si on m'avait demandé de vendre une horreur pareille avec une bonne commission, aurais-je eu le même aplomb ?

- Très bien, déclarai-je, au moins, on n'est pas prêt de voir sortir de terre cette abomination !

Le vieil homme au galurin me regarda alors avec un air accablé. Il voulut faire une remarque à mon dernier propos mais se ravisa. Il garda pour lui sa réflexion, bougonnant avec des mouvements de menton burlesques.

Comme rien ne me pressait : aucun rendez-vous ce jour-là, aucun courrier à taper en l'absence de Marilou partie en famille visiter son père malade, je restais là à regarder les hommes en combinaisons blanches entrer et sortir de la zone sécurisée. Celle-ci était maintenant masquée au public par de grandes tentures vertes du plus bel effet. Les gros vers blancs (j'aimais bien cette image), grouillaient devant les chastes rideaux, les soulevaient et disparaissaient dans les entrailles de la scène de crime. La toile était un bien fragile paravent qui préservait le quidam des atrocités commises par ses semblables.

Puis comme la marée nous envoyait un crachin épais, gluant comme un jus de mélasse, je relevai mon col et descendis la rue Fardel pour aller prendre mon pain et mon journal.

La journée se passa dans cette interrogation ; « Qui étaient les malheureux dont on avait découvert les restes dans le sous-sol de cette maison rasée depuis l'été dernier car elle menaçait de s'écrouler » ?

Tout le quartier et bientôt toute la ville fut en émoi. Chaque logement, chaque commerce bruissait des commentaires et des interrogations de l'affaire.

Le premier journaliste, arrivé sur le lieu par le plus grand des hasards (il menait sa fille à l'école. D'habitude, c'était sa femme mais comme cette dernière était malade, il avait dû faire le détour par le centre-ville...), pouvait s'enorgueillir d'entendre les premières déclarations des témoins. On lui donna même l'occasion de parler en direct au journal de la télévision régionale. C'était son jour de gloire, lui, le petit écrivaillon du canard local.

Puis d'autres charognards arrivèrent. Des plus gros, mieux armés, plus tenaces et plus féroces. Les chaînes nationales parachutèrent des pointures. Des envoyés spéciaux, des types qui avaient couvert les révolutions arabes, la Syrie, l'Afghanistan. Ils firent preuve d'un professionnalisme incontestable.

Histoire de me distraire, je descendis sur la place où cela grouillait de micros, de portables et de commérages. Je retrouvais en plein jour la même densité de population qu'un soir de beuverie. Sauf que là, la foule ne buvait pas, parlait sans arrêt, questionnait beaucoup mais restait sobre.

Rasséréné par l'aspect sérieux et besogneux de cette cohue, mon voisin restaurateur, Cédric, un garçon astucieux, décida de profiter de l'aubaine. Il proposa galette-saucisses, crêpes, steak-frites à tout ce beau monde envoyé en terre bretonne pour expier, sans doute, à voir leurs tronches, quelques vilenies écrites dans leurs quotidiens et dont ils n'avaient plus souvenir.

- Tu comprends, dit Cédric à mon encontre, quand je vins à son bar pour le rituel café du midi, avoir toute une foule de pareils consommateurs qui ne ramassent même pas leur monnaie, c'est formidable.

Je le félicitai de son à-propos. Cédric était un garçon méritant. Il avait de grandes qualités et la première d'avoir une très jolie femme, à qui, je croyais faire un peu peur. Pourtant, en ce qui concerne la gent féminine, il n'y avait pas plus gentil que moi... Plus laid, non plus. Mais ça, à moins de se munir d'un bistouri, on n'y pouvait rien.

Puis, en sirotant mon arabica, je me souvins par petites touches de mémoire de la maison qui hébergeait depuis des années, sans doute, dans ses fondations, les corps retrouvés ce matin. Cela me revenait par flash sous l'effet de la caféine. D'une manière désagréable, d'ailleurs. De plus en plus dérangeante même... C'était moi qui avais rédigé l'acte de vente de la baraque. Je m'efforçais d'atténuer mes réminiscences mais en vain. Je connaissais, dans ses grandes lignes, l'histoire de cette maison du crime et ses occupants. J'en fus agacé. Cela devait se voir sur ma figure.

- Alors Bastien, pas bon, mon petit noir, me demanda Cédric ?

- Hein, que dis-tu, balbutiai-je en regardant mon pote cuistot ?

- Le café ? Tu fais une de ces têtes en l'avalant...

- Ah non, c'est rien. Et tu sais ma gueule reste hélas, toujours, aussi affreuse.

La remarque peina mon ami. Il m'aimait bien malgré ma tronche de Quasimodo qui aurait attrapé la petite vérole. Gosse, avant l'accident (une bouteille en verre d'ammoniaque qui me tomba sur le crâne, le lendemain de mes trois ans...), j'étais plutôt mignon. Mais les médecins qui s'occupèrent de moi avaient confondu chirurgie réparatrice et rafistolage d'urgence. Enfin, j'avais gardé mes yeux intacts. « C'était déjà çà, déclara mon père », en voyant le résultat.

Cette péripétie contra toute velléité de me faire un petit frère ou une petite sœur. J'aurais trop souffert de la comparaison. Raisonnement stupide et double peine ; enfance malheureuse et solitaire, adolescence pitoyable et scabreuse...

L'établissement de Cédric ne désemplissait pas. Une averse subite avait fait revenir à l'abri toute une nuée de journalistes qui investissait maintenant les tables les plus reculées. Je croisais des regards inquiets. Peut-être avais-je la tête du tueur ? Peut-être était-ce moi qui avais trucidé ces trois infortunés locataires de la maison de l'impasse ?

Car il fallait préciser que la petite rue, aux pavés mangés par la mousse, où se trouvait la scène de crime était une voie sans issue, ou du moins, sans issue carrossable. En fait, l'impasse se poursuivait par une venelle, un étroit sentier entre deux murs. Et ce passage serpentait entre les propriétés et à faible pente atteignait le bas de la butte. Les férus d'histoire locale prétendaient que c'était la voie de repli pour les chouans quand ils voulaient se carapater après de mauvais coups contre les Bleus[1], maîtres de la ville. Dans les années 1790. Ce n'était pas hier... Mais là, en 2010, rien de tout cela. Cependant la venelle existait toujours, en contrebas de l'impasse. C'était pourquoi l'éboulement avait déposé en contrebas sous les yeux horrifiés et ébahis des riverains, des os blanchis par le temps.

Je restais un moment sur mon tabouret, accoudé au bar, à voir entrer et sortir des individus bardés d'appareils photo, de caméras et de calepins. A croire que tous les médias de l'hexagone s'étaient donné rendez-vous

[1] Surnom donné aux Révolutionnaires.

là ! Comme il n'y avait rien de plus excitant dans l'actualité, les rédactions dépêchaient à Saint-Brieuc, leurs meilleures équipes. Cela m'amusa suffisamment pour rester encore deux heures me nourrissant de sandwichs et de bières et observant cette faune bruyante et animée.

Cela me rappelait les algues vertes. Cette plaie d'algues vertes qui avait fait la Une des quotidiens pendant des semaines. Même un premier ministre était venu arpenter nos grèves. Et cela avait empiré quand des sangliers avaient trouvé rigolo de venir crever sur les anses tranquilles de la baie, du côté de Bon Abri. On en avait entendu des conneries, ce jour-là... Puis l'affaire s'était tassée avec l'arrivée de l'automne. Mais chaque année, si les journalistes n'avaient rien d'autre à se mettre sous la dent, on y avait le droit.

Finalement saoulé par ce tapage, je décidai de marcher un peu en ville, de m'aérer, de retrouver le crachin et le cri des goélands à la tombée de la nuit. Ces appels grinçants et lancinants avaient toujours pour moi représenté ma ville et rappelé, si besoin était que Saint-Brieuc était en bord de mer, à défaut d'être en bord de plage. Les oiseaux s'invectivaient aux dernières lueurs du jour pour savoir qui aurait la meilleure place pour passer la nuit. Près de cette cheminée ou sur cette gouttière ? Je levai la tête pour regarder les grands voiliers blancs et gris tourner au-dessus des toits. Je n'avais pas leur souci. Au moins, je savais où crécher ce soir.

Je descendis la rue Fardel. Le pavé brillait sous la bruine. L'éclairage public déversait une lumière orangée qui se voulait joyeuse. Mais que pouvait-elle contre le cafard qui m'assaillait quotidiennement à la tombée du jour ? Rien, absolument rien...

La place du Chai, ses escaliers qui menaient vers la

rue Charbonnerie, la rue Saint-Guillaume... Je fis le grand tour des rues piétonnes, repassant par les Champs où se pressaient les consommateurs excités par les soldes. Enfin, un peu d'insouciance, de gaieté, de vie !

De retour dans mon quartier, la zone interdite l'était toujours. Mais les prélèvements macabres touchaient à leurs fins. Les gars de la scientifique avaient travaillé tout le jour. Ils étaient vannés et se défaisaient de leur combinaison avec des gestes las.

Il traînait encore quelques curieux. Des habitants du quartier. Je reconnaissais quelques têtes familières. La petite dame aux chats. Elle nourrissait tous les matous du coin. Sa maison, un logis repoussant, un peu plus haut dans la rue, grouillait de cette vermine. A toute heure, il en descendait de partout. Des roux, des teigneux, des faméliques qui vous dévisageaient de leurs grands yeux fous. La vieille n'avait pas bonne presse dans son voisinage. On l'accusait, en entretenant tous les félins galeux du coin, de faire converger chez nous tous ces porteurs de misère. Mais qu'y faire ? Ça l'occupait, la pauvre...

Puis, j'aperçus M. Robin. Un grand type maigre, à la pelisse jaune. Il portait cette horreur depuis des années. Un truc à grands carreaux usé jusqu'aux coutures qui laissaient apparaître, entre les pièces d'étoffe, une sorte de laine immonde, sale comme un trottoir. Si on avait le malheur de l'approcher, on voyait la trame du tissu qui menaçait de se déchirer à chacun de ses mouvements. Mais surtout, le bougre dégageait une odeur pestilentielle. Le fréquenter revenait à s'infliger une agression olfactive des plus violentes. Il était vieux gars comme moi mais si lui avait renoncé à se laver, moi, au moins, je prenais soin de ma personne. La laideur n'imposait pas la saleté.

La tête de Robin devant l'inimaginable. Il ouvrait des yeux ronds comme des billes. Son grand corps voûté semblait s'affaisser sous le poids de l'horreur. Les deux mains dans les poches de son manteau (pouvait-on encore appeler cela un manteau ?), il marmonnait dans sa barbe son effarement.

Et plus loin, appuyé à l'angle d'un mur de la place au Lin, Simon, notre clochard. Je disais « notre », car il était là depuis au moins douze ans. Arrivé un beau matin avec sa guitare et son chien. Un type, un peu plus petit que moi, de frêles épaules, des jambes arquées et à peine plus grosses que ses bras, un visage émacié, souffreteux et des prunelles bleues toujours inquiètes. Jamais tranquille, le Simon. Constamment les mains en alerte. Dans sa courte barbe en pointe, dans sa tignasse bouclée noire comme le désespoir. J'étais certain qu'il n'avait pas trente ans. Contrairement à ce que pouvait indiquer son faciès fripé comme une vieille pomme. Les nuits dehors, sans doute et l'abus du mauvais vin surtout. Et cela ne s'était pas arrangé depuis que son chien était mort. Pauvre bête. Pas sympa pourtant, croisé beauceron-terre-neuve, un bestiau con comme un balai. Retrouvé mort, empoisonné quinze jours avant la Toussaint. C'était... Je ne savais plus. Son maître, inconsolable, avait juré de trouver le coupable. Tenace, le Simon. Cette sordide affaire datait d'une dizaine d'années.

A huit heures du soir, je dînais chez moi. Ce n'était pas souvent que je supportais ma solitude devant mon assiette. Mais là, quelque chose me taraudait l'esprit et machinalement, j'ouvris une barquette sortie du congélateur et la mit en pâture à mon micro-ondes qui n'attendait que ça. Deux minutes après, j'avalais mon sauté de veau et ses petits légumes devant mon écran de télévision.

Notre affaire fit trente secondes au journal de la 2. « Pas mal, tout de même, constatai-je avec fatalisme. Dès demain, les nouvelles auront d'autres faits divers à commenter et nos journalistes seront déjà repartis vers d'autres lieux, d'autres cieux où sévit la fureur des hommes ».

Liquider trois bonshommes ou trois bonnes femmes, fallait vraiment le vouloir, pensai-je. Et si ça se trouvait, j'en connaissais un ou deux voire les trois. C'était fort possible, j'habitais le quartier depuis cinquante ans. J'avais peut-être joué dans les bacs à sable de Bois-Boissel ou au jardin des Promenades avec l'un d'eux. Cette possibilité m'apparut d'un seul coup, fort plausible. Je devais en avoir le cœur net.

A neuf heures du soir, je me mis en tête de retrouver dans les archives traces de la transaction de cette maison maudite. Mais de quand datait cette affaire ? 1996, 1994 voire plus tôt ? Je choisissais cette année comme point de départ de mon investigation.

Ma pièce d'archives était en fait ma chambre, ma

piaule de gosse, que j'occupais jusqu'aux décès de mes parents. C'était un peu ridicule mais jusqu'à mes vingt-huit ans, je dormais dans cette pièce. Presque un petit appartement, tout de même. Un coin douche, un coin bibliothèque, une grande table pour écrire. L'archétype du type couvé par ses vieux mais avec un vernis d'indépendance qui ne trompait personne. Maman venait faire mon lit et rangeait mes affaires. Elle déposait sur mon plumard mon petit linge propre et pendait mes chemises repassées dans mon armoire. Je râlai un peu pour la forme de cette intrusion dans mon intimité mais je me faisais très bien à cette vie de patachon.

- « C'est trop grand pour toi. Tu ne réussiras jamais à occuper intelligemment tout cela, me glissa à l'oreille la soeur de mon père ». Elle parlait de l'appartement.

Je la remerciai du compliment. Mais elle insistait. Je me souvenais très bien de son regard de fouine, de hyène même. Son frangin était à peine enterré qu'elle me proposait d'acheter le logement de son pauvre Mathurin (mon paternel s'appelait ainsi en souvenir du peintre breton, Mathurin Meheut.)

- Avec Roger, on t'en donnera un bon prix. Tu pourras avec ça te dégoter un deux-pièces à Binic ou à Saint-Quay.

- Et pourquoi pas à Brest ? lui répondis-je sur un ton hargneux.

Pour moi, ma Bretagne s'arrêtait à la plage des Rosaires. Au-delà, je ne connaissais pas. J'exagérai à peine.

Enfin, peut-être aurais-je dû ? Je serai devenir rentier avant trente ans. Mais quitter Saint-Brieuc ? Non, en plus de la perte de mes parents, cela aurait fait trop...

Dans la pièce d'archives, un peu un deuxième bureau

(appellation officieuse des renseignements de l'Armée), dans tous les sens du terme, je classais mes petits papiers, mes petits secrets et mes gros coups de cafards. Je m'y installais parfois, une bouteille de whisky sur la table et jusqu'au petit jour, je lisais, j'écrivais, je classais. De tout : des vieux documents, des photos jaunies, des bouquins écornés, annotés, lus et relus jusqu'à l'usure. Et je finissais par m'allonger sur mon lit de gamin, transformé en couche de fortune.

J'éclairai la pièce et regardai les rayonnages. Au bout de la rangée, peut-être ? Je pris le carton qui affichait 1992, sur l'étagère du milieu. Un classement alphabétique minutieusement établi par les soins de ma secrétaire de l'époque, une gentille fille, mariée et partie depuis longtemps, formait la première page. Une succession des biens vendus avec adresse et identité des vendeurs et de certains acheteurs. C'était déjà bien.

Les transactions rue Houvenage, rue des Trois-frères Le Goff, rue Saint-Jacques, place Saint-Michel, rue Duguay-Trouin, j'avais l'impression d'avoir vendu toute la ville à moi tout seul. En plus de vingt ans de négoce parfois sauvage, j'avais écumé tous les quartiers chics de la ville. Je pouvais même me dire vulgairement que pendant des années, aux belles heures de l'immobilier, je m'étais goinfré...

Bon, rien dans l'impasse cette année-là. Après sans doute. 93, 94,95 ; les années défilaient. Je sortais les dossiers de leur léthargie poussiéreuse, les entrouvrais, visionnais les premières de couverture et s'ils ne me fournissaient pas les informations espérées, les remisais sans autre forme de procès. Ils n'étaient pas prêts de revoir la lumière, ceux-là.

A la fin de l'année 1997, j'en eus ma claque. Toujours

rien. Le dossier retrouva sa place dans l'étagère sans ménagement. Bon sang, ma mémoire me faisait défaut. Je n'aimais pas ça. Ce n'était pas dans ces années ou alors, pire, je confondais avec une autre affaire...

D'un seul coup, j'eus envie d'un alcool fort, Cognac, Vodka, Whisky, n'importe quoi qui puisse laver l'affront de ma caboche défaillante. Me retourner l'estomac et m'enivrer pour m'offrir à bas prix, deux ou trois heures de sommeil. Puis, un scrupule tenace m'empêcha de me débiner, une fois de plus, dans l'ivresse. Une sorte de mission décrétée par Dieu sait quelle part de mon humanité, bien enfouie sous un compost bien dégueulasse de petites compromissions, voire de saloperies scandaleuses, s'imposa à moi. Un peu comme les Blues Brothers dans le film du même nom. Touché par la grâce. Mais là, j'allais trop loin. Simplement connaître le fin mot de l'histoire de ces trépassés de l'impasse. Tiens, pas mal, comme formule...

A trois heures du mat', l'œil grand ouvert, je décidais d'en terminer avec les recherches infructueuses dans mes dossiers stupides qui n'auraient mérité que le feu de l'oubli... si les services fiscaux ne m'avaient obligé à les conserver. Je pris ma parka d'inuit, un truc pour chasser le phoque sur la banquise. Ridicule en Bretagne mais tout de même assez costaud pour repousser le crachin hivernal et ma grande détresse. En deux minutes, j'avais fermé l'appart et je battais le pavé. Personne bien sûr dans le centre-ville... Tout était fermé.

Si je voulais trouver du monde, je devais descendre au Légué. Car rien ne remplace la franche solidarité des ivrognes. Boire, d'accord mais joyeusement, avec des potes de l'instant. Marins polonais, ukrainiens, lituaniens, peu importait, pourvu qu'il y eût toujours un minimum de chaleur humaine.

Je savais qu'un bar du port fermait tard ou pas du tout d'ailleurs quand les gros bâtiments mouillaient au Légué. Il bravait l'interdiction mais sans abuser. On le laissait profiter, de temps en temps, de l'aubaine. J'avais lu dans le canard du matin qu'un cargo estonien avait dû prolonger une halte pour cause d'avarie. Un truc sérieux qu'allait demander au moins une semaine de travail. Le café, à l'affût de pareilles occasions, et au courant du séjour forcé des marins avait envoyé des émissaires du genre « à forte poitrine » marauder sur les quais pour appâter les Baltes.

La rue des Trois-Frères Le Goff. Sacrée famille.

Tous morts pour la France en 14. S'ils savaient, les poilus, que dans cette rue bien pentue qui partait des Halles pour rejoindre le rond-point de la Vieille Route du Gouët, on trouvait toutes les cuisines du monde... Ils auraient sans doute apprécié d'y faire une bonne bouffe. Elle était chouette, leur rue. Un peu animée, certains soirs, voire toute la nuit mais du couscous aux beignets de crevette en passant par les Tandooris, on y dégustait des merveilles.

Arrivé au rond-point, débouché des rues qui descendaient de la butte où je créchais, et de la venelle dite « aux chiens », endroit qui avait récupéré les macchabées, je pris le boulevard à droite. Cette avenue toujours descendante, bordait le quartier Saint-Michel, paisible endroit où se nichaient quelques belles maisons. J'avais fait quelques coups fumants sur de juteuses transactions, il y avait longtemps.

Voilà, le restaurant de poissons, maison réputée... Puis le carrefour avec le deuxième resto, pas mal aussi... Et la plongée vers le port, vers un monde plus glauque, plus obscur mais plein de mystères où naviguent en eaux troubles, des naufragés de tout bord.

Le troquet brillait comme une promesse. J'y descendais d'un pas impatient. Des types s'agglutinaient devant la porte, tirant sur leurs clopes, une bière à la main. On se permettait pas mal de choses ici mais pas d'enfumer son voisin de comptoir. Surtout que le patron souffrait d'une maladie pulmonaire. L'amiante, disait-il, sur des chantiers en Allemagne de l'Est. Il était né à Hambourg et avait bossé un peu partout. Il racontait des salades, à coup sûr, mais comme il possédait un sens de l'humour proche de zéro, personne ne prenait le risque de contrarier ses cent-cinquante kilos. Il mesurait près de deux mètres. Sa taille l'avait obligé de rehausser la hotte de son comptoir. La première fois qu'il avait pris place derrière son zinc, il s'était entaillé le front sur dix centimètres. Une balafre de plus, assurait-il. Il était avec ça presque aussi laid que moi.

- Tiens, Bastien, que viens-tu faire là, dit le cerbère en me voyant franchir le seuil de son domaine ?

- Boire un coup, Karl, et voir du monde, répondis-je après avoir forcé le passage à l'entrée entre deux colosses qui se calaient sur quelque chose de fixe, la porte, le reste du café étant déjà pour eux en plein roulis.

- Et voir des filles ? ajouta une pépée qui m'abordait par le travers alors que je tirais des bords pour accéder au comptoir entre les buveurs qui quittaient les amarres du zinc.

C'était Betty (Bernadette pour les gars qui l'avaient connue vendant les filets de merlan aux halles, du temps de sa jeunesse). Une habituée, plus ou moins occasionnelle suivant les arrivages de marins. Elle avait la réputation de préférer les Méditerranéens aux Scandinaves et aux Baltes. Raté pour ce soir. Je l'embrassais sur les deux joues qu'elle avait particulièrement rouges. A voir la teinte de la bouille de la morue (j'exagère, elle n'était pas si moche), elle ne revenait pas de la plage à humer les embruns mais avait sans doute déjà passé quelques heures ici. Mais pas de marin à son bras. Elle s'était pourtant résignée à prendre ce qu'il restait.

Soit, les fêtards n'avaient plus de pognon pour s'offrir la compagnie de cette dame, soit ils n'étaient pas encore assez soûls pour se coltiner cette dorade, sympathique au demeurant, mais plus de première fraîcheur.

A défaut de demoiselle plus frétillante, je me contentais de sa compagnie. Entre deux verres, elle me fit l'inventaire complet de l'assemblée bruyante qui tanguait derrière nous alors que nous nous arrimions au comptoir dans l'éventualité d'un coup de tabac. Elle connaissait déjà tous les prénoms des Estoniens présents. Zlatan, Dimitri, Olieg, Ernesto ? Pas balte, celui-là, précisa-t-elle. Un espagnol, « arrivé d'on ne sait où mais pas très branché gonzesse, si tu vois ce que je veux dire », ajouta la dame avec un air plein de sous-entendus... Dommage.

Puis, la première bagarre intervint vers quatre heures du matin. A propos d'une fille mignonne d'ailleurs, que je n'avais pas remarqué. Elle était en main depuis onze heures du soir. Un certain Wladimir l'avait ferrée. Il avait déjà sacrifié la moitié d'une paie pour elle, en champagne, Vodka et mit une option sur une prestation plus raffinée, à l'hôtel du coin. Mais un de ses camarades prétendait qu'il avait déjà versé un acompte pour la même chose et pour la même fille...

Il fallut que je quitte mes nouveaux amis. Karl sortait de derrière son comptoir avec une batte de base-ball où était inscrit (ça le faisait rire) ; deux coups, un coup gratuit, trois coups, cinq coups gratuits. Drôle de façon de calculer... Betty voulut s'accrocher à mon bras pour évacuer les lieux. Elle réussit à retrouver le grand air avant les premières salves de la marine estonienne.

- Tu me ramènes chez toi ? ta voiture est garée dans le coin ?

- Ah non, chérie, si tu veux me suivre, il va falloir marcher jusqu'au centre-ville.

- Tu rigoles, répliqua-t-elle scandalisée à l'idée d'arpenter les rues en pente.

- Et non ! Deux bornes à pied, tout en montée.

La dernière remarque fut le coup de grâce. Elle lâcha

mon bras et reflua vers le bar. Elle allait bien se trouver une place à bord d'un marin qui dérivait sur les quais.

Trois quarts d'heure après avoir quitté les bords du Gouët, je parvins à la porte de mon appartement. La pluie ne m'avait pas quitté depuis le Légué mais j'étais bien, détendu. La marche tonique, en montée, m'apportait un délassement moins honteux qu'une beuverie en solitaire. Bon, les quelques bières de Karl m'avaient aidé. Je pensais avoir évacué mes angoisses, au large avec la marée descendante du moins jusqu'au petit jour, où la question des disparus de ma ruelle allait me reprendre.

A neuf heures du mat', une sonnerie à l'interphone me fit bondir de mon lit, mon grand lit dans la piaule de mes parents. Je m'y étais couché tout habillé et rabattu la couette sur moi. « Merde, mon rendez-vous ». J'avais un seul client ce matin-là. Ce n'était pas lui. Il avait annulé par mail hier soir. Comme je n'avais pas consulté ma messagerie, je m'attendais à le trouver sur mon pas-de-porte. J'appuyai sur le bouton de l'interphone pour entendre la confirmation.

- Monsieur Le Gall ?

- Oui, vous êtes Michel Martin, pour la visite de la maison du Tertre-Abbé...

- Ah non, commissaire Delaporte et mon adjoint Zoldan...

- C'est pourquoi ? demandai-je, agacé par un mal de crâne subit.

- On vous expliquera, si vous voulez bien ouvrir, insistait la voix grésillant dans le bazar.

Je soupirai longuement. La journée commençait mal. Il fallait que j'ouvre à ces fonctionnaires butés et procéduriers, à coup sûr ! J'enfonçais le commutateur pour libérer la porte donnant sur la rue. Un écriteau indiquait dans l'escalier : « Agence Le Gall, 1er étage ». Ils allaient forcément trouver. Le voisin du dessous était un type qui de nuit, ramassait pour l'abattoir, des volailles. Moi, de jour, j'accueillais des poulets qui venaient d'eux-mêmes...

Quelle tronche pouvais-je bien avoir ? La même que

la découverte de nos clients, vous voyez de qui je veux parler, les….

- Oui, tout le monde en parle de ces pauvres bougres trucidés, répondis-je avec agacement.

- Donc, reprit-il sans perdre son calme, le terrain de repos éternel de ces personnes avait été la propriété d'un certain Leblanc.

- Voilà, c'était lui ; en 1991, m'écriai-je. Pierre Leblanc. Je lui ai vendu la bicoque lorsqu'il a pris sa retraite. Il était officier. Commandant, je crois. Il avait fini sa carrière comme responsable du matériel dans un régiment de transmission à Rennes. J'ai même son dossier quelque part. Enfin, juste l'acte de vente, la description du bien.

Les deux flics n'en revenaient pas. J'avais débité mon laïus d'une traite. Ils restaient là, leur tasse à la main, comme deux maquereaux sortis de l'eau, gobant l'air avec stupéfaction.

En une minute, j'étais descendu dans mon deuxième bureau, avais mis la main sur le dossier 1991 et étais revenu face aux policiers, pas peu fier de mon efficacité. Les poulets n'avaient pas bougé, leur expresso refroidissait.

- Approchez messieurs, voyons ensemble ce que disent mes archives.

- Remarquablement tenues, observa Delaporte.

- Merci, j'essaie de conserver tout cela en état mais est-ce bien nécessaire ?

- La preuve que si, déclara Zoldan en se levant pour regarder les documents.

La masse de l'adjoint oppressait le commissaire et me cachait une partie de la lumière. Nous eûmes ensemble la même pulsion.

- Asseyez-vous donc, exigea Delaporte en me devançant.

L'enquêteur obtempéra de mauvaise grâce. Ses prunelles noires me fusillèrent dans la seconde.

Un brin perplexe devant l'animosité de cet abruti, je ne lui trouvais pour l'heure, pas d'autre qualificatif, je me penchais sur ma table où trônait mon dossier. Je coopérais volontiers, sans arrière-pensée. Alors, pourquoi tant de haine ?

J'ouvris la boite d'archives. Le listing en première page fanfaronnait. Il présentait dans toute sa rigueur les clients de cette année-là. C'était clair et lisible. Du bon boulot. Je suivais du doigt les dates des transactions et les noms des vendeurs et acquéreurs.

- Leblanc, ici, le 20 avril 1991. Veuf mais une gosse vivait avec lui. Je me souviens. Il voulait deux chambres près du centre. Je crois qu'il n'avait pas de voiture et voulait une école toute proche et toutes les facilités des transports en commun.

- La gosse, c'était la sienne, demanda Delaporte ?

- Sans doute. Enfin, je ne sais pas. Après, il faudra croiser les infos que je vous donne avec l'état civil. Enfin, je vous dis ça. Vous savez ce que vous avez à faire...

Comment Zoldan aurait-il négligé de me faire payer une telle remarque ?

- Dites donc, Le Gall, vous n'allez pas nous apprendre notre boulot ?

- Zoldan, cessez, je vous prie ! Monsieur nous aide… intervint le commissaire.

Et ce dernier paraissait soulagé. Il avait une piste, un nom, une année de référence et même le dernier poste de l'officier ; Rennes. Son adjoint, par contre, continuait à me regarder de biais. Il faisait peser sur moi, un air soupçonneux des plus dérangeants. J'avais coopéré, donné tout ce que je savais. Et en quoi pouvais-je être mêlé à cette affaire ? J'avais vendu la maison du crime. Et alors ?

- Et la revente de la bicoque, avant qu'on la rase, finit-il par demander ?

- Pas moi qui m'en suis occupée, répondis-je, presque pris en faute !

Delaporte posa la main droite sur l'avant-bras de son adjoint.

- Ne vous tracassez pas, cher Monsieur, on le sait déjà. La maison est restée vide après Leblanc. Mon collègue aime bien mettre mal à l'aise les gens. C'est chez lui, une seconde nature, ajouta-t-il en se levant. Je peux vous repasser vous voir dès que j'aurai besoin de vos lumières ? demanda-t-il en me tendant une main amicale.

- Bien sûr, Commissaire, ma maison vous est ouverte.

- Fermez-la quand même, déclara Zoldan en s'engageant dans le couloir.

- Il parle de la maison, évidemment, précisa Delaporte en poussant le rustre policier devant lui.

- J'avais compris, dis-je avec un air accablé, à l'image de la mine désolée du responsable de l'enquête.

La douche chaude que je pris alors me fit beaucoup de bien. Je pus me débarrasser de la gangue de culpabilité qui me collait à la peau les lendemains de soirées où j'avais abusé de l'alcool et de désespoir. Et en fin de compte, je n'étais pas si saoul, la veille. Je me souvenais de tout ; Betty, Ernesto, Olieg...

Mon client Martin me rappela en fin de matinée. Il avait pu régler son problème familial (sa belle-mère qui avait eu un malaise) et venait à Saint-Brieuc en début d'après-midi. Il convoitait une petite maison, place Baratoux, un coin charmant, tout prêt du centre. Il était instituteur à Carhaix et avait fait le forcing pour devenir directeur à la rentrée prochaine de l'école maternelle du même nom ; Baratoux, un ancien maire de notre ville. Ah, cette école ; toute mon enfance...

J'avais été élève dans cet établissement. La boucherie de mes parents se situait à une centaine de mètres de là. Je rentrai le midi avec une grande fille qui était apprentie couturière dans un atelier de la rue. Entre mes deux parents qui se relayaient à la boutique, je cassais la croûte dans la réserve entouré de saucissons, de rillettes et autres bavettes. C'était merveilleux. Depuis mon accident, ils me bichonnaient. Un temps révolu, hélas.

Pour l'heure, en ce midi terne du mois de janvier, j'eus une subite envie de pizza, sans doute pour gommer et contrer des souvenirs douloureux et délicieux. A trente mètres de chez moi, on y faisait d'excellentes dans la rue Fardel. Dans ce petit bout de rue, entre la place Louis Guilloux et les anciennes Halles devant la cathédrale, il se concentrait un jus de Bretagne des plus savoureux. La maison du Ribault, la place au Lin, les tavernes où l'on trouvait certains soirs de brume celtique, les derniers druides d'Armorique. Des gars, un peu mystiques, un peu allumés mais des chansons de landes et de farfadets plein la voix. Tout cela était à ma porte, au quotidien. Fabuleux.

Après ma quatre fromage, je décidai de faire le tour de la cathédrale au titre de la ballade digestive. Cinq minutes à pied, à tout casser mais cela me donnait bonne conscience. Un petit café chez Cédric et je rentrai à l'agence.

Mon client n'avait qu'un quart d'heure de retard. Un petit monsieur nerveux, affublé d'un galurin en feutre vert qui le grandissait. Il le garda sur le crâne pendant tout notre entretien. Sa bouille, toute ronde, bien patinée par l'air marin ou le Beaujolais, avait quelque chose de pathétique. Il émettait de longs soupirs à chacune de mes observations sur la maison qu'il voulait s'offrir. Pensait-il ainsi m'influencer dans l'espoir d'une ristourne ?

Ce ne fut qu'au domicile de la vendeuse qu'il se découvrit. Sa bonne éducation ne pouvait pas faire moins. Son cuir chevelu présentait des plaques rouges, cartonneuses comme s'il était, le pauvre, porteur d'une maladie de peau. J'aurais préféré qu'il remît son couvre-chef.

La vieille dame qui ne se formalisait pas de la chose, ou qui ne l'avait pas vu, nous reçut avec beaucoup de gentillesse. Sa grande maison (elle devait la quitter pour se rapprocher de ses enfants qui voulaient l'avoir avec eux pour ses derniers jours) semblait être son seul souci. Je voyais bien que cela lui déchirait le coeur de la vendre. Ce ressenti, je serais passé outre quelques années auparavant. Je n'avais que faire de telles considérations. Il fallait que je rentre du pognon et peu importait d'où il venait ! Mais depuis que mon agence agonisait et que je m'ennuyais, j'avais tout le temps d'observer les gens et de laisser cours à d'autres sentiments.

- Et le jardin, vous avez vu le jardin ? Il se prolonge jusqu'à la rue du Gouët. Il y a même une porte avec un petit escalier condamnée depuis qu'un type est venu passer une nuit sur la pelouse, avec son chien et sa guitare. J'avais oublié de la fermer, un soir d'été.

Je pensais à Simon. C'était bien le genre d'escapade qu'il appréciait. J'avançai vers le bout du jardin. Et là, je constatai que l'on voyait très bien la butte d'en face. La rue des frangins poilus de 14 était un goulet qui séparait les deux promontoires. L'impasse maudite était à découvert lorsque l'on se trouvait là. Les banderoles rouges et blanches tremblaient sous le vent à moins de cent mètres de nous.

- Quelle histoire ! dit la vieillarde en contemplant la colline. Je me souviens bien des différents occupants de la maison. Ils ouvraient leurs fenêtres sous mes yeux quand du deuxième étage je tirais mes rideaux. On finissait par se faire coucou... C'était rigolo...

- Et un officier en retraite, un certain Leblanc, osai-je demander ?

- Ah oui, c'est bien possible. Avec une gamine, une gosse aux longs cheveux, c'est ça ?

- C'est ça, répliquai-je, sans en savoir le traître mot,

A seize heures, après avoir relu le dossier de Leblanc et quelques autres de la même année et dans l'attente de coups de fils qui ne venaient pas, il me prit l'envie de marcher, d'arpenter les pavés de ma ville et d'aller finir mon après-midi dans un quelconque troquet de la rue Saint-Guillaume.

J'eus la bonne surprise de tomber nez à nez avec Delaporte qui sortait de la Mairie. Il avait épluché les registres de l'état civil.

- Heureux de vous rencontrer, monsieur le commissaire !

- Monsieur Le Gall, quel heureux hasard ? Je suis content moi aussi...

Il était sincère, je crois. Je ne résistai pas à l'idée de lui livrer ce que j'avais appris. De son côté, il ne fit pas de difficultés à m'exposer ses découvertes. C'était étonnant, d'ailleurs. Comment un flic se permettait-il de faire part d'une affaire criminelle à un type comme moi ? Etait-ce un piège ? Lui, jouant le gentil pour m'appâter et ensuite devenu bien docile, me laisser entre les pattes du redoutable Zoldan...

Mais, que risquai-je à me lancer dans cette aventure ? Rien et j'y vis une manière de tuer mon ennui.

- Allons boire quelque chose, proposa-t-il. Rue Michelet, il y a un bar très sympa. On se croirait dans un bateau.

- Mais je connais très bien. J'y navigue souvent et m'y échoue régulièrement.

Il sourit de ma plaisanterie et comme un vieil ami, me mit la main sur l'épaule pour m'inciter à me rendre vers ce lieu pour y sceller le début de notre amitié.

- Voilà, dis-je quand nous fûmes assis entre deux hublots factices, un filet de pêche au plafond et une planche qui indiquait comment faire des noeuds de marine.

- Notre brave Leblanc, pas d'enfant, veuf en 1961. Je ne sais pas encore dans quelles circonstances mais je le saurai. Il était en Algérie, à ce moment-là.

- Une piste, alors, demandai-je ?

- Tout à fait. Cela fait partie de l'histoire du bonhomme. Il faut creuser dans cette direction.

- Et vous ? Vous pensez que cette gosse qui a été élève à l'école Baratoux, c'est à approfondir ?

Il me parlait comme à un collègue. Je n'en revenais pas.

- Sans doute. On aurait vite fait de retrouver son dossier scolaire, son véritable nom, surtout !

- Et si on y allait maintenant ? C'est tout près et la sortie des gamins, est dans cinq minutes, proposai-je en consultant ma montre et avec un enthousiasme qui me surprit moi-même.

- Et bien, en route, camarade, déclara-t-il en finissant son verre.

Nous prîmes d'un bon pas la rue des Frères Merlin (encore trois frangins François, Louis et Charles tués au combat eux en 1870. Quand on vous dit qu'en Bretagne, les gars ne sont pas des pétochards... Après ça, qui oserait mettre en doute la bravoure des soldats bretons dont la ville s'honore ?), la place du Chai, les escaliers qui débouchent sur la rue Charbonnerie et la rue Baratoux.

- Oh moi, vous savez, la vie des gens... souffla la femme avec fatalisme.

- Et que sait-on de plus sur elle ?

La question que je posais spontanément, me surprit moi-même. Mais personne ne s'en offusqua.

- Elle était très appréciée. Sauf une fois, où on a dû convoquer son père. Elle s'était battue avec une camarade qui évidemment, l'avait traitée de sale bougnoule. Regardez les commentaires de l'époque, déclara-t-elle en extirpant un feuillet du dossier. J'étais encore instit'. C'est bien écrit.

- Oui, madame, répliquâmes-nous en choeur !

La directrice ne perçut pas l'ironie dans notre réplique. Elle poursuivait.

- Tiens, là, je précise : « Le père reconnaît qu'avec une enfant adoptée, ce n'est pas toujours facile. Sa mère est morte cinq ans plus tôt. Je note ses paroles : J'ai fait ce que j'ai pu mais perdre sa mère si jeune, c'est compliqué ». Voilà, c'est tout.

- Donc, tout porte à croire que Leblanc n'est pas le père de cette Djed...

- Djedjica. Plus ça va, plus je m'en souviens. Leblanc, c'est très banal mais le prénom l'est beaucoup moins, ajouta la femme forte en remettant le dossier en place. Maintenant, si vous voulez bien, messieurs, je vais fermer...

- Très bien, nous en savons déjà beaucoup. Ça va bien nous aider, conclut Delaporte en rangeant son carnet où il avait griffonné des notes.

- Parce que votre collègue est flic aussi ? Je l'aurai plutôt vu comme assureur ou agent immobilier, dit la directrice en me dévisageant.

- Non, pas de ça chez nous, chère madame, pas de

truands dans nos rangs, répliqua Delaporte sans sourciller.

Cet homme cumulait humour et sens de la formule. J'appréciais le mélange surtout avec un soupçon de pince-sans-rire...

Deux minutes plus tard, la lourde grille de l'école se refermait derrière nous.

- Voyez-vous, cher ami, commença mon soi-disant collègue, j'aime bien cette manière de faire. Il faut s'intéresser aux gens, à ce qu'ils font. Je crois que vous avez bien plu à notre responsable d'établissement scolaire.

- J'en suis flatté, croyez-moi, répondis-je avec emphase.

Et comme deux vieux copains en goguette, nous redescendîmes la rue pour retrouver le centre-ville. J'en profitai pour parler de la future retraite de la grosse dame et de la tête de son ahuri de remplaçant. Mon interlocuteur fut content d'apprendre que le calvaire de cette dame, trop obèse pour ses fonctions, allait se terminer bientôt. Il extrapola en affirmant qu'il fallait avoir le physique de l'emploi dans certaines fonctions. La laideur, que nous partagions, faisait-elle partie de l'attirail du bon flic ? Du commerçant que j'étais, j'en doutais.

Delaporte voulait rentre à pied, à l'hôtel de police, rue Waldeck Rousseau. Cela faisait un bout mais prendre le bus ne lui disait rien. Il aimait la marche et moi aussi. Je lui proposai de le raccompagner.

- Mes gars ont pris contact avec l'Armée. La Grande Muette n'a pas l'habitude de s'exprimer, bien qu'elle fasse des progrès, mais en étant patient, on aura les états de service de Leblanc... D'ici demain ou après demain, si ces messieurs galonnés le veulent bien. Par contre, si vous voulez continuer à m'être sympathique, voyez avec vos confrères s'ils veulent me préciser l'histoire de la maison de l'impasse après Leblanc, mort et enterré sur ses terres natales, en... (il chercha dans ses notes) 2006.

- Où ça ?

- Pouancé, Maine-et-Loire.

- Ah, très bien. Je connais de nom.

- Et surtout, tentez de savoir s'il y a eu d'autres occupants après lui.

Arrivé à destination, il accompagna ses recommandations d'une franche poignée de main. Il me dit « à demain » en s'avançant vers la porte du commissariat et il disparut dans l'immeuble de verre et d'acier.

Ce simple « à demain » me réchauffa le coeur. Ce type-là, sans plus de manières, me confiait une mission d'enquêteur. Tout cela officieusement, bien sûr. Je repris le chemin de mon quartier sans sentir le froid qui s'abattait sur la ville. « De la neige, prétendaient certains ! ». Mais bien sûr ! Et pourquoi pas des ours blancs aux Sept-Îles... ?

Soudain motivé par la demande de Delaporte, je m'assis à mon bureau en forme de fayot et décrochai le téléphone. D'abord, contacter Robert Le Fur. Un confrère que je surnommai Le Fur, le « fureteur », tellement il appréciait les ragots, rumeurs et potins. Il aurait dû être flic, cet animal-là, ou agent du K.G.B ou pire encore, responsable de la Stasi à la grande époque de la R.D.A...

- Allô, Robert. Comment vas-tu ?

Mon concurrent fut un peu surpris de mon appel. Il pensait sans doute que j'allais encore lui préparer une embrouille. On s'était de nombreuses fois tiré dans les pattes pour des transactions sordides.

- La maison de l'impasse ? Tu parles, si je connais ! J'ai essayé de la vendre à la mort de son dernier proprio, un militaire, en 2006. Mais la fille du gars m'a laissé une adresse bidon, un numéro de téléphone du même tonneau et résultat, aucune nouvelle. La bicoque a été vide depuis son départ, en 2004 ou 2005, je ne sais plus. Il a été longtemps hospitalisé avant d'y passer, le pauvre. La maison a dû être rasée car elle menaçait de s'écrouler sous les baraques situées plus bas.

Il marqua une courte pause, car je sentais bien que la découverte macabre de la veille mettait en émoi toute la ville. Puis, il me posa la question inévitable.

- En quoi ça t'intéresse, cette affaire ? A moins d'être devenu flic, ce n'est pas dans tes habitudes de soutirer des infos qui ne rapportent pas de pognon ?

Je lui répliquai un bobard confus et je raccrochai rapidement. Je n'étais pas tellement plus avancé. Que pouvais-je faire de mieux ? Le premier coup de fil m'avait donné le renseignement espéré et... coupé dans mon élan. Agacé de ma frustration d'enquêteur de pacotille, j'eus une soudaine envie de me défouler en vidant un double scotch. La bouteille patientait dans mon tiroir en bas à gauche de mon bureau. Instinctivement, ma main descendit vers la poignée. Mais au contact du métal, je me ressaisis. J'allais faire faire un tour dans le quartier.

Il y avait maintenant devant le lieu maudit des grillages de trois mètres de haut avec de grosses chaînes pour les maintenir fermées. Un document officiel, sous plastique, avec plein de tampons battait au vent en produisant un tac-tac des plus énervants. La nuit était tombée et un croissant de lune se débattait pour exister au milieu d'un paquet de nuages de plus en plus dense. La scène était lugubre, éclairée par ce pâle flambeau et les courts flashes de l'astre ajoutait au macabre du lieu.

- Tout ça, c'est parce qu'ils s'y sont pris comme des manches, déclara soudain, une voix forte derrière moi.

Je sursautai et mon palpitant, s'emballa comme une hélice de hors-bord sorti des vagues. Je manquai de me prendre les pieds dans les gravats devant les grilles.

- Ah, pardon, excusez-moi. Je ne voulais pas vous faire peur, poursuivit la voix qui appartenait à un colosse planté dans la pénombre. Un grand type avec un collier de barbe immaculée qui apparaissait dans les éclairs de la lune. Une casquette foncée, strictement à la perpendiculaire de son front et qui donnait une silhouette affirmée à son propriétaire. Une paire de lunettes rondes se plaquait sur des yeux dont je ne percevais pas l'intensité dans les faibles lueurs de la scène.

- De quoi parlez-vous ?

J'avais peur qu'il me parle des assassins et de leurs idées d'enterrer ainsi leurs victimes.

- Ben, de leur coffrage à la con. Regardez-moi ce travail ! Pas étonnant que la flotte se soit infiltrée en créant des poches. En voulant créer l'assise de la maison, ils l'ont au contraire truffée comme une dinde et le poids de toute cette eau a fait le reste.

L'homme parlait avec une gouaille particulière qui dénotait avec la rigueur impeccable de sa tenue. Blouson près du corps, gants, pantalon de velours.

- T'ce baraque, j'ai tout de suite vu qu'il y avait un problème. De grosses fissures étaient apparues après qu'elle fut occupée par Leblanc. Je lui avais dit mais il ne m'a pas écouté.

- Vous le connaissiez bien ? demandai-je surpris que la piste se réchauffe d'un seul coup.

- Bonjour, bonsoir et un peu plus quand il était bien luné. J'habite le fond de l'impasse, le dernier numéro à gauche. Mais je suis là, je veux dire que je crèche là que depuis deux ans. Avant, j'étais commercial dans les cuisines. J'étais tout le temps sur les routes et là que le week-end. Et ma femme, repartie chez sa mère...

- Et sa gosse ?

- Adoptée !

Ça, il ne m'apprenait rien.

- Et quoi d'autre d'autre, me risquai-je à demander, de crainte que le gars arrête là ses révélations.

- Elle faisait du cheval, bien même. Championne régionale ou quelque chose comme cela. Son père était ravi de m'annoncer ses bons résultats.

- Elle montait au club, à Brezillet ?

- Oui, au début. Puis à la Grève des Courses, à Cesson, près des plages. Du temps où il y avait une écurie de concours.

Et bien voilà ! Une perspective s'ouvrait en grand. Et en plus, j'aimais bien l'odeur du crottin. J'ai toujours apprécié les chevaux sans être pour autant un grand cavalier. Mais ado, je fréquentais régulièrement ces grosses bêtes odorantes qui n'avaient aucune répulsion devant ma tronche.

- Bon, monsieur, ravi de vous avoir rencontré, annonçai-je en rebroussant chemin.

- Monsieur Le Graét, Hubert le Graét et vous..., je crois bien, déclara-t-il en se déplaçant pour voir sa bouille éclairée par la lune, vous êtes Le Gall, de l'agence du même nom. Je me goure ?

- Non, c'est tout à fait ça. Bastien Le Gall, pour vous servir...

- Dieu m'en garde ! Vous avez vendu une maison à ma fille en 1991. Un vrai scandale. Une pourriture de baraque qui fuie de partout.

- Heu, j'y vais. Il annonce de la neige, je ne voudrais pas prendre froid...

- C'est ça, rentrez chez vous et n'en sortez plus.

Je m'éclipsai piteusement. Je ne me souvenais plus de cette vente de cette même année et pour cause, ce mauvais coucheur ne m'avait pas donné le nom de sa fille, à moins qu'elle ne fût pas mariée, bien sûr. A véri-

pas cru les prévisions.

La cour du centre équestre était vide. Une brouette chargée de paille sortait à moitié d'un box au bout d'un bâtiment. Des murmures se faisaient entendre. Sans doute un dialogue entre un vieux palefrenier et son cheval... Perdu ! C'était une fraîche demoiselle qui rechargeait à la main le logement d'un poney. L'animal, gris, superbe, poussait du nez les fétus de paille pour en dénicher les meilleurs brins.

La jeune fille ne put retenir une grimace en découvrant ma figure.

- Bonjour, mademoiselle, où pourrais-je trouver le responsable du club ; s'il vous plaît ?

- Ah, il est parti chercher des chevaux, à Corlay, je crois.

- Il en a pour longtemps ?

- Sans doute, surtout si la neige continue...

En effet, la petite averse floconneuse de tout à l'heure, s'était transformée en solide précipitation dense, ce qui pour la Bretagne, tenait du blizzard canadien. Le goudron de l'allée blanchissait à vue d'oeil. La visibilité diminuait de minutes en minutes.

- Et quelqu'un qui serait ancien dans la maison ?

La question surprit la gosse.

- Euh... Ah, si, il y a bien la mère Angot. On l'appelle comme ça. Elle a soixante-dix ans et elle vient tous les jours, donner du pain aux shetlands. Je l'ai aperçue dans la stabulation à l'autre bout du manège. Elle doit y être encore.

- Merci, mademoiselle.

Et la gosse reprit son ouvrage. Je traversai le centre équestre, regardant avec plaisir les chevaux sortir leurs grosses têtes de leur box à mon passage. J'en caressai un ou deux, retrouvant le contact soyeux de leurs naseaux sous mes doigts. Quelle sensation, presque aussi sensuelle que la peau des joues d'une femme ...

Arrivé au bout du manège, j'entendis une petite voix chevrotante. La mère Angot, comme disait la stagiaire, un grand sac en papier à la main, distribuait aux poneys, des guignons allant du simple croûton à la baguette entière.

La scène était pathétique. La vieille dame disputait les bestioles qui tentaient d'arracher son sac. Ça se mordait dans tous les sens, malgré les injonctions désespérées de la dame affublée d'une parka rose et d'un magnifique bonnet écarlate. Elle plongeait sa main dans l'immense poche et produisait à cette occasion, un bruit qui ravivait l'excitation des shetlands.

- Mais non, toi Lulu, t'en as eu assez !

Mais le Lulu en question, un gros patapouf hargneux, envoyait à tour d'encolures des coups de dents dans un rayon d'un mètre, heureusement sans jamais atteindre sa bienfaitrice. Ses morsures bien senties, sonores et douloureuses, faisaient voler le poil de ses congénères. Et ceux-ci répondaient à ses attaques en déclenchant par des tressautements comiques, des ruades inefficaces qui battaient l'air poussiéreux de l'écurie.

Puis de guerre lasse, la mère Angot vida son sac d'un seul coup de l'autre côté de la balustrade qui contenait la masse déchaînée des poneys. Elle devait avoir l'habitude de la manoeuvre car elle se recula vivement avant que le précité Lulu fasse preuve d'autorité en envoyant à tous les vents ses postérieurs dans la direction de ses quatre malheureux colocataires.

- Bonjour, madame, commençai-je après qu'elle m'eut adressé un sourire désolé. Vous n'avez pas peur de vous prendre un mauvais coup ?

- Non, ils ne sont pas méchants mais ils sont bien remuants tout de même.

Elle déclarait cela avec un air contrit, consciente de s'être laissée débordée.

- En tout cas, c'est bien gentil de les gâter, ces petits diables, poursuivis-je.

- Je fais ça depuis presque trente ans. C'est bien simple depuis que mon mari s'est tué en voiture. Ça m'occupe. C'est ma seule sortie de la journée.

- Alors peut-être que vous avez connu une certaine Djedjica ? Elle a monté ici dans les années 1990 ?

La vieille dame cherchait dans sa mémoire en repliant son grand sac.

- Ce n'était pas une gamine aux longs cheveux bruns, une petite Arabe adoptée ?

- Si, c'est ça ! Et son père, un militaire en retraite.

- Ah oui, très bel homme. Je m'en souviens très bien. Pas très causant sauf quand il parlait de sa gosse. Dommage, il me plaisait bien. Je l'aurais bien pris pour remplacer mon Georges...

- Et la fille, elle montait bien ? insistai-je.

- Ah oui, Brigitte était une véritable amazone. C'était notre petite championne à nous...

- Pourquoi l'appelez-vous Brigitte ?

- C'était, disait-elle... la traduction de son nom. Cela faisait surtout plus français.

Voilà pourquoi, je ne la trouvais pas dans les licenciés de la Fédé.

- Elle est restée longtemps au club ?

- Assez pour qu'on l'apprécie. Jusqu'à ses seize ou dix-sept ans. C'était vraiment une gamine sympa. Je ne sais pas quand elle est partie, mais je sais pourquoi, ajouta-t-elle avec une mine et un ton mystérieux.

- Et on peut savoir ?

La vieille dame s'approcha alors, ravie de dévoiler le secret dont elle se croyait seule détentrice. Elle se courba un peu plus encore et lâcha sur un ton énigmatique :

- Elle a eu une aventure avec un monsieur, un propriétaire, déclara-t-elle sur le ton de la confidence. De trente ans son aîné. Cela aurait pu faire scandale mais on a étouffé l'affaire, pensez donc. Du jour au lendemain, la gosse est partie et le monsieur aussi. Son cheval, un grand pur-sang un peu barré (elle accompagna sa phrase d'un signe expressif de la main vers son bonnet) se nommait Balfour. Il possédait une oreille coupée et un bout de nez tout blanc. Pas facile, le bougre. Celui-là, je ne lui donnais jamais rien. Il nous est resté sur les bras pendant des mois avant qu'on finisse par le donner à un particulier.

La septuagénaire avait une mémoire sélective des plus amusantes ; elle se souvenait plus des chevaux que des hommes. Je tentai d'en savoir plus.

- Et le propriétaire de Balfour ? Un bel homme, lui aussi ?

- Non ça, aussi moche que... (allait-elle faire référence à moi, bon étalon de la laideur masculine ?), mais plus grand que vous, par exemple, déclara-t-elle en essayant de se rattraper. Il était dentiste, je crois, à Yffiniac.

Voilà, ma sortie au club était fructueuse. Deux pistes de recherches, pas mal ! Delaporte allait être content... Je remerciai la mère Angot de sa gentillesse puis je quittai les écuries pour retrouver ma bavarde madame Guérin.

Dehors, la neige redoublait. Ce qui, au premier flocon ressemblait à une plaisanterie, ne faisait maintenant plus rire personne. La couche, poudreuse comme du sucre glace sur un gâteau au chocolat, se transformait maintenant en une épaisse meringue, nourrie par de bourrasques aveuglantes qui m'arrivaient en pleine figure. Cela devenait même délicat de progresser à pied.

Quant aux rues, l'équipement complètement débordé, paraît au plus pressé pour les maintenir en état. Des ouvriers municipaux, mobilisés dans l'urgence, l'air effaré, balançaient à la pelle, debout sur les plateaux des camions, du sel ou du sable. Mais c'était déjà trop tard pour quelques carrosseries, sévèrement embouties au carrefour de Robien. Un capharnaüm de voitures bloquait la circulation. Et les bretons, vexés de s'être faits surprendre, pestaient comme des Corses devant un projet d'abolir les trente-cinq heures...

Moi-même, je me voyais mal reprendre mon véhicule qui disparaissait sous une belle couverture immaculée. Devant la situation que faire ? Se risquer sur les routes et ajoutait ma touche personnelle au désordre ambiant ou rentrer à pied ? En bus, peut-être ? Mais je n'apercevais aucun des cars verts parcourir les circuits du réseau briochin. Et il fallait que je récupère ma cliente pour la reconduire en centre-ville.

Je sonnai à la maison prétendue en vente. Un rideau s'agita derrière une fenêtre, un râle électrique s'ensuivit. Je poussai le portillon libéré et m'avançais vers le perron. Je manquai de m'affaler de tout mon long en posant le pied sur la première marche. La porte s'ouvrit.

- Mon pauvre monsieur Le Gall ! s'écria le propriétaire en me voyant agrippé à la rampe, le palpitant en plein sur-régime.

- Vous n'avez rien ? ajouta madame Guérin avec un ton désarmant de sollicitude. Vous voyez, j'en parlais à l'instant avec Jeanne, oui, nous nous connaissons... Nous avons été ensemble en 6ème à la Providence, et nous étions perdues de vue, depuis le temps......

La neige n'avait pas étouffé le moulin à paroles !

- Rentrez donc, monsieur Le Gall, ne restez pas dehors. Vous allez prendre froid, renchérit la proprio.

Piégé à la fois par la neige et les commères qui bavassaient autour d'une tasse de thé, refusant de me laisser partir avant d'avoir avalé un Earl Grey brûlant, alors qu'une bonne rasade de rhum m'aurait redonné du moral.

- Vous êtes sûr de vouloir renter, Monsieur Le Gall ? Non, parce que Jeanne me garde à déjeuner.

- A coucher aussi, Thérèse si cela ne s'arrange pas, rétorqua la propriétaire ravie d'avoir du monde chez elle.

Je dus faire le forcing pour me libérer. Et je pris ma voiture. Cinq-cents mètres. Bloqué devant le commissariat, justement. Ça bouchonnait tellement au rond-point de la gare routière que je préférai me garer au parking de Gouédic, un peu plus bas, après une marche arrière un peu délicate...

- Peut-on voir le commissaire Delaporte ? demandai-je au planton, ayant pris la résolution de rendre visite au fonctionnaire.

Le type, derrière son comptoir, me lança un regard las. Il me dévisagea toujours le menton vers son pupitre. Je sentais dans ses yeux que j'étais presque aussi affreux que la personne que je souhaitais voir.

- Il vous attend ? finit-il par dire dans un soupir.

- Oui, affirmai-je avec aplomb. Je suis Le Gall.

- Deuxième étage, 3ème porte à droite.

- Merci.

- Service, marmonna le gars en reprenant dans son journal, l'étude du Quinté de l'après-midi.

Delaporte était assis dans son bureau, et Zoldan, toujours debout, lui lisait un texte, un mail sans doute. A travers mes murs en verre, je ne voyais pas très bien. Par contre, le commissaire me vit et avec un grand, à défaut de beau..., sourire me fit signe de rentrer. Je tournai la porte vitrée et pénétrai dans la pièce qui sentait le menthol, une infusion peut-être ?

Delaporte n'écoutait plus son adjoint. Celui-ci me lança aussitôt un regard des plus sombres. Il eut la goujaterie de me tendre la main gauche sans cesser sa lecture. Alors que son supérieur se leva de son siège et me donna une franche poignée de main au-dessus de sa table. Il ne dit pas un mot dans l'attente de l'achèvement de la prestation toute pompeuse de son subordonné qui multipliait les effets de ce qui n'était qu'un banal rapport de police.

- Voilà, j'en ai terminé commissaire, finit par dire l'orateur prétentieux.

- Et bien, c'est parfait. A tout à l'heure, déclara Delaporte avec une pointe d'agacement dans la voix.

Le colosse reprit son dossier, m'adressa encore un lourd regard mauvais et sortit.

- Des broutilles, toujours des broutilles. La plaie de notre métier. Des vols à l'étalage au marché du samedi. Rien de passionnant alors que notre affaire de l'impasse a tout de l'intrigue savoureuse. Enfin, façon de parler. Il y a quand même trois malheureux qui ont mangé les pissenlits par la racine et qui n'ont pas dû en apprécier le goût.

Il me regarda un moment, un air complice dans ses prunelles noires, puis me proposa une verveine menthe.

- C'est très bon par ce froid, prétendait-il.

J'avais horreur de ce type de potion mais comme cela était offert de bon coeur, je fis un effort et acceptai sans aucune remarque, une tasse du breuvage.

- Attendez avant de boire, déclara-t-il quand il me vit grimacer à l'approche de mes lèvres sur le bord de la tasse. Il y manque le principal.

Et d'un geste aussi fulgurant que précis, il versa une bonne rasade de Génépi, un flacon sorti d'on ne sait où...

- Sans ça, c'est dégueulasse, dit-il avec le plus grand sérieux.

J'appréciai de plus en plus la compagnie de ce type-là. Le liquide était vigoureux et tonifiant au possible.

A l'extérieur, la vallée de Gouédic disparaissait sous les averses neigeuses.

- Alors, Leblanc, dernier proprio de la maison du

crime, demanda Delaporte après une longue gorgée ?

- Ça m'a tout l'air, de 1991 à 2005. Puis, parti pour mourir à l'hôpital de Laval ou Rennes. Personne a occupé le logement après, du moins officiellement.

- Et vide, pas chauffé, pas entretenu.

- Et rasée, l'année dernière ou il y a deux ans, à vérifier. Il y avait des fissures dès son arrivée, parait-il mais je ne l'ai pas constaté à la vente. Je ne crois pas du tout à ces ragots. Dans l'immobilier, il nous arrive de négocier des biens un peu vétustes mais en baissant le prix et ne masquant aucun des vices...

- Sinon, c'est du vol... ajouta le commissaire sans animosité.

- En effet... Bon, admettons qu'il y a quelques années, je n'étais pas trop regardant et mes collaborateurs ont peut-être connu des problèmes de... vue sur quelques affaires...

- Et cette sinistre bicoque, c'est vous qui l'avez vendue ?

- Mon agence, c'est certain mais le négociateur devait être René ou Patrick... A vrai dire, je n'en sais rien. Par contre, dès cet après-midi, je vous donnerai la réponse.

- Pas avant ?

- Avec la neige, c'est difficile de circuler.

- Mais non, vous connaissez les raquettes ?

- J'ai été un bon joueur un moment, classé même, mais où est le rapport avec le tennis ?

Il éclata d'un rire où la bienveillance l'emportait sur la moquerie. Il était né à Macôt, à côté d'Aime, en Savoie, et dès que l'on parlait de neige en Bretagne, ce n'était pas si fréquent, il sortait de sa voiture ses équipements iconoclastes pour des Armoricains, plus habitués aux filets de pêche et aux cirés. Toutefois, c'était la première fois en trois ans de présence à Saint-Brieuc, qu'il avait l'occasion de le faire.

On alla donc à sa voiture ; un break encore immatriculé 73 et il me donna une paire de raquettes en plastique bleu. L'attirail dans les mains, sous le sourire goguenard des plantons, je le regardais s'équiper.

- Allez, à vous, dit-il en se relevant du plancher de son coffre arrière.

J'ouvrais de grands yeux.

- Voilà, vous glissez la chaussure là-dedans et vous bloquez par la lanière.

En deux minutes, j'étais prêt pour la foulée blanche ou plutôt briochine. « Vallée du Gouédic, place Louis Guilloux par la transversale rue Saint-Guillaume ».

Quand nous prîmes notre élan, les mines réjouies des policiers de service s'atténuèrent. Nos raquettes étaient remarquablement efficaces. Elles accrochaient la neige verglacée comme les moules se cramponnent aux bouchots de Bon Abri, la merveilleuse anse des mytiliculteurs vers Morieux.

En un quart d'heure, nous étions place Louis Guilloux. A peine essoufflés. Nous avions marché vite, faisant de nombreux jaloux sur notre passage. Rasséréné par ma stabilité sur les rues verglacées, j'eus tout le temps pendant notre course de relater mes découvertes.

- Mais dites-moi, ça part dans tous les sens cette histoire, constata le commissaire. Je vais mettre Zoldan sur l'entreprenant dentiste d'Yffiniac. Et vous, vous allez creuser ce point à propos d'une certaine Brigitte Leblanc.

- Vous êtes sûr que votre adjoint ne va pas mal le prendre ? osai-je demander.

- Zoldan est un ours mal léché, excessivement zélé et

qui pense qu'il faut traiter tous les protagonistes d'une affaire comme s'ils étaient coupables.

- Et ça marche ?

- Ça eut marché, mais ça marche plus... Il a été muté en Bretagne. Une honte pour une arrière-petit-fils d'émigré ukrainien, un marin dont le cargo s'est échoué lamentablement en 1934, par beau temps, en baie de Morlaix, en plein jour...

- Comment cela est possible, demandai-je ?

- Tous bourrés à la Vodka, du capitaine au matelot. On en rit encore à Saint-Pol-de-Léon.

- Et bientôt, à Saint-Brieuc même, ajoutai-je bien content de trouver une manière de ridiculiser le mauvais coucheur de Zoldan.

- Faites gaffe quand même, mon adjoint a tout du rancunier borné, précisa Delaporte.

- Et pourquoi muté, ici ?

- Parce qu'il a extorqué des aveux à un père de famille soupçonné d'inceste sur sa gamine de huit ans... précisait le policier en baissant le ton.

- Et ce n'était pas vrai ?

- Entièrement faux. Monté de toutes pièces par la mère pour gagner son divorce. Le père s'est suicidé ; la mère en prison et la fille en famille d'accueil.

- Ah, quand même !

- Oui, alors quand Zoldan la ramène un peu trop, je lui fais vite comprendre de baisser d'un ton. D'ailleurs, je n'apprécie pas de travailler avec lui. Il n'aime pas les les gens. Il n'est là que depuis six mois, je ne le supporte plus.

Arrivé à ma porte, il délaça ses lanières. Je l'imitai, ravi de mon baptême en raquettes. La neige avait cessé mais les températures avaient chuté de deux degrés. Ça craquait sous les semelles. J'ouvris ma porte, pris mon courrier dans ma boite et montai les marches. Delaporte suivait.

Mon agence sentait un peu le renfermé et on y frissonnait. Le thermomètre indiquait 16°c. Je tournai le bouton du thermostat sur 20.

- Installez-vous, commissaire, je monte un peu le chauffage. Voulez-vous boire quelque chose ?

- Volontiers. Une tisane, si vous avez ?

- Parfum rhum, ça vous va ?

- Très bien, répondit-il en riant.

Dix minutes après, grog en main, dossier Leblanc sous les yeux, nous cherchions le nom du négociateur. Rien. J'aurais pourtant juré que le nom figurait en bonne place sur la première page. Par acquit de conscience, je feuilletais les pages concernant les autres ventes de l'année. Curieusement, certaines pièces ne mentionnaient aucun patronyme à l'endroit désigné.

Delaporte fit les réflexions qui s'imposaient.

- Vos collaborateurs, du moins certains, ne cherchaient pas à se faire de la pub...

Je ne répondis pas tout de suite. J'avais le sentiment de m'être fait roulé dans la farine comme un vulgaire maquereau. C'était très désagréable.

- Le mieux, ce serait de regarder qui vous aviez à votre service en 1991.

J'eus un mouvement d'humeur qui ne surprit pas Delaporte.

- René et Patrick, je vous l'ai déjà dit.

- Exact, mais pas de remplacement pour maladie, un stagiaire ?

- Excusez-moi, j'enrage de voir qu'on a été tenté de me doubler ou que...

Je n'osai révéler le fond de ma pensée. Delaporte y pourvut : « Que vous avez été négligent ? ».

- Oui, c'est sans doute vrai. Vous avez raison. A cette époque, j'étais un con. L'argent facile, les bons restos, les filles peu farouches pourvu qu'on ait du pognon et ça, avec ma gueule, si vous saviez ce que j'ai dû payer pour...

Quelle gaffe, étais-je en train de faire !

- J'en ai une petite idée, répliqua le commissaire en vidant son verre d'un geste fataliste. Mais revenons à vos collaborateurs. Vous devez avoir des déclarations d'embauche, d'URSSAF et que sais-je encore ? Vous allez bien trouver ça !

- Oui, bien sûr, excusez-moi.

J'étais d'un seul coup tout penaud. Je descendis aux archives trois marches plus bas pour retrouver mes chers dossiers, pas si bien tenus que ça, d'ailleurs. Delaporte me suivit.

- Tout est là, déclarai-je en allumant la lumière.

- Super, votre tanière secrète. Et tout est en ordre.

- Ou presque, répliquai-je en rangeant mon dossier « ventes 1991 ».

- Vous en faites pas, ce n'est peut-être qu'un oubli.

- Enfin, huit fois en trois mois, tout de même...

Delaporte resta silencieux puis admit que cela faisait effectivement beaucoup. Un peu accablé, j'allai à mon armoire URSAFF. Un meuble métallique à double battant. Année 1991. Je pensais ne rien trouver dans le feuillet embauche. René et Patrick travaillaient avec moi depuis 1988 pour le premier, 1989 pour le second. Mais, ô, stupeur. L'archive comprenait une déclaration. Un certain Yves Legodec, en CDD pour un remplacement de René ! Merde, j'avais oublié. Mon collaborateur s'était fracassé le genou en faisant de la voile. Une vilaine fracture, longue à réparer.

- Et bien voilà, tout s'explique, déclara le policier. Votre Lagodec.

- Legodec !

- Oui, Trucodec machin, il s'est fait du beurre sur votre dos ou de la laine sur vos épinards, ou le contraire, dit Delaporte avec un grand sourire. Et on va le retrouver cet escroc, poursuivit-il d'un ton sarcastique. Une piste, une bonne, j'en sens déjà le fumet !

- Et à ce propos, une pizza chez la voisine, ça vous tente, commissaire, répliquai-je avec enthousiasme.

Aussitôt dit, aussitôt fait. La pizza aux noix de Saint-Jacques plut beaucoup à Delaporte. Moi, je pris la Sicilienne avec supplément câpres.

Au café, un petit noir bien tonique, on appela le fonctionnaire sur son portable.

- Allô, oui ?

- ...

- Ah oui et bien, très bien. Mettez les résultats sur mon bureau. J'arrive.

On expédia l'expresso presque en se brûlant et je fis signe à Tonio, le patron de mettre les deux repas sur ma note. On remonta les dix mètres de la rue Fardel pour que le Savoyard récupère ses raquettes.

- Je vous en laisse une paire. Vous me les ramènerez après la neige. Demain sans doute...et vous reprendrez votre voiture. Ça ne va pas durer, ce mauvais temps.

Il avait raison. Dans la soirée, le dégel s'annonça, transformant les trottoirs en cloaques effroyables. Mes clients (un jeune couple) avaient décommandé. Je pris donc une demi-journée pour retrouver trace de Legodec.

Des Legodec, dans les pages blanches, il y en avait autant que sur les monuments aux Morts de Fougères à la Pointe-du-Raz. En y ajoutant le prénom d'Yves, Saint-Patron de la Bretagne, c'était le pompon. Mon moteur de recherches m'en sortait des listes ! Du plombier à l'artiste-peintre en passant par le producteur de porcs, de Plangenoual à Plouvenez-Lochrist, cela grouillait de Legodec.

Je ne me souvenais même pas de la tête de ce type-là. Qui pourrait me renseigner ? René ? En retraite en Provence ? Non, je me souvenais qu'il connaissait des problèmes de santé. Je n'allais pas l'enquiquiner avec ça. Patrick était parti finir sa carrière en Angleterre : injoignable. Peut-être le mauvais coucheur de Le Graét ? J'allais me faire recevoir, c'était garanti. Mais, je pouvais faire amende honorable et voir ce qu'il en était du scandale dont m'avait parlé le bonhomme.

- Allez ! déclarai-je tout haut. Il n'est jamais trop tard pour rattraper des conneries.

Cela ne manqua pas. Le rude monsieur Le Graét me réserva un accueil des plus glacials ce qui était de circonstances, mais tout de même. Je faillis rebrousser chemin. Pourtant, comme il me restait une petite part de courage bien enfouie sous ma couardise, je l'utilisais en dernier recours.

- Monsieur, argumentai-je, je vais vous expliquer. En 1991, en avril et juin, il s'est passé des choses bizarres dans mon agence. Je n'en suis pas content, croyez-moi.

Mais j'aimerais que vous me donniez l'occasion d'y voir plus clair et de réparer, si cela s'avère nécessaire.

Le type qui m'avait laissé derrière sa grille, comme un détenu au parloir, fit la moue, toujours aussi peu avenant. Puis, en rectifiant sa casquette, il me déclara dans un soupir :

- Bon, je vais appeler ma fille. Elle habite Hillion. Si le temps le permet et si elle le veut bien, vous pourrez peut-être passer la voir chez elle.

Et il me laissa à son portillon, dans l'impasse, la maison du crime derrière moi. Le sent soufflait un air plus chaud que les heures matinales et ce réchauffement subit faisait descendre des paquets de neige qui tombaient dans la ruelle sans issue avec des bruits mats. Le jour déclinait. Les ombres s'allongeaient, les impacts de meringue glacée s'accentuaient dans mon dos. Je n'en menais pas large.

Quand, d'un seul coup, une voix féminine, nasillarde et essoufflée se fit entendre derrière moi. Cela faisait deux fois en deux jours, qu'une telle frayeur me tombait dessus, comme une coulée froide dans le cou. Je ne pus retenir un cri de peur et faillis me vautrer en dérapant sur la dernière plaque verglacée de l'impasse. Je voulais voir quelle tête avait mon agresseur.

- B'jour, m'sieur le Gall.

C'était la mère Latoudi. Une mégère brave comme tout, toujours disponible pour aider, conseiller et surveiller tout le voisinage de sa fenêtre, au deuxième étage du bâtiment qui donnait sur la place. Tout à fait ma réplique au féminin, question laideur ! Trois incisives pour toute dentition, mal réparties en plus. Mais comment voulez-vous placer trois ratiches sur deux mâchoires ? Des joues rouges, comme l'enseigne du bar où elle avait ses habitudes. Un bonnet jaune qui laissait passer des boucles brunes et grises et pour clôturer le tout, deux petits yeux gris et agités au-dessus d'un pif comme la pointe du Roselier à Pordic.

De jour, par temps clair, bien motivé par un élan d'humanité, on pouvait supporter deux minutes de conversation avec la personne, pour peu que l'on ait le vent dans le dos, force huit. Dans le cas contraire, la manoeuvre pour échapper aux effluves vigoureux de la dame, consistait à tirer des bords de façon à changer de cap par un lent (pour les plus endurcis...) ou un rapide (pour les moins connaisseurs) mouvement circulaire autour de la mère Latoudi.

- V'z allez bien, m'sieur Le Gall ?

- Ça allait jusqu'à maintenant, répliquai-je, collé au portillon luttant contre les bourrasques impitoyables qui s'engouffraient dans l'impasse.

- Ah oui, c'est terrible comme histoire. Trois morts, peut-être plus, vous vous rendez compte. Et moi qu'ait rein vu !!!

Elle ne disait pas rien mais « rin » avec une intonation scandalisée.

- Et, pourtant, je m'intéresse, ajouta-t-elle finement.

Par chance, Le Graét sortit de sa maison à ce moment-là. Il arriva vers nous d'un pas agressif, salua d'un petit signe de tête ma compagne de l'instant et me donna un petit bristol où était inscrit l'adresse d'une certaine Ghislaine Toudeur.

- Demain, dix heures ; elle vous attend. Soyez à l'heure.

Et il referma le portillon à peine entrouvert d'un geste sec, sous mon nez.

- V'z allez où demain, m'sieur Le Gall, demanda la

commère en minaudant.

- Amende honorable, rétorquai-je en m'esquivant le long du mur.

- A Mende Honorable, c'est où ça donc ?

Je contenais mal un petit rire peu charitable et soulagé de m'être extirpé sans mal de ses griffes, je filai retrouver mes pénates.

Ce soir-là, j'eus envie de revoir mon voisin Cédric. Je le trouvais en pleine préparation d'un repas pour douze personnes. Les convives avaient précisé qu'ils seraient là, à coup sûr. Ce n'était pas un peu de neige qui allait changer leur plan. Le cuistot n'y croyait pas plus que cela mais il s'affairait tout de même pour dresser sa table. Je lui donnai un coup de main. Sa femme qui travaillait comme comptable à Langueux ne viendrait pas l'aider. Elle resterait chez sa mère qui résidait à Saint-Ilan, une jolie bicoque dans la butte, juste en face des Grèves, vue magnifique sur la Baie.

- Tu comprends, elle a mis les enfants chez ma belle-doche car il n'y a pas eu école. Elle est partie bosser à pied, trois-cents mètres, ça va. Il y a un quart d'heure, à tout casser. Ma foi, cette nuit, je m'installerais sur le lit de camp, dans la réserve et j'essayerai de dormir sans ma femme...

Je tentai de consoler le garçon. Il n'aimait pas travailler en soirée sans sa moitié et a fortiori, sans elle dans son plumard. Heureux homme... Même son apprentie avait prévenu qu'avec son « scoot », pas question de venir de Trémuson.

Et comme de bien entendu, les anciens de l'Amicale des Pécheurs à pied de Saint-Eloi décommandèrent à huit heures du soir. Le bus n'avait pas fait cinq cents mètres avant de finir dans le fossé.

- « Sans les vieux, heureusement mais le chauffeur a pris un bon coup sur le crâne » déclara Cédric avec son accent impayable du breton pur cidre.

- Et mes homards qui cuisent, une douzaine de homards tout frais. Qu'est-ce que je vais en faire ?

Je n'ai jamais mangé autant de homards que ce soir-là. Heureusement que Simon, notre clodo et un pote à lui qui traînaient par là, vinrent nous prêter main-forte. Six bestioles par personne, cela aurait fait beaucoup. Ce fut une belle soirée. Pas un client et Simon retrouva sa guitare dans la réserve, un soir où il avait insisté pour payer ses coups bus avec son instrument. Ce qu'il faisait trois ou quatre fois par an. Dans ces cas-là, il était tellement saoul, chantait tellement faux qu'on finissait par lui retirer sa gratte et la planquer dans la réserve. Et évidemment, le lendemain, il ne savait plus où la retrouver.

Une fois de plus, depuis que je m'investissais dans l'enquête de Delaporte, je dormis bien la nuit qui suivit cette journée de neige. Enfin, jusqu'à six heures du matin. Après, mon cerveau un peu embrumé par le Sylvaner qui avait accompagné le homard, se remit en route avec deux noms ; Brigitte Leblanc et Legodec. La cavalière et le négociateur en opérations immobilières. Il fallait, avant de me rendre à Hillion pour rendre visite à la fille de mon voisin, rechercher trace de la petite Leblanc. Elle devait forcément apparaître dans le fichier de sa fédération sportive.

Et bien oui, elle y figurait. Dans la liste des nombreuses compétitrices portant ce nom. Ses dernières prestations avaient eu lieu en Mayenne, Maine-et-Loire, Sarthe et Vendée mais dataient de quelques années tout de même. 2004 et 2005. Soit deux ans avant la mort de son père. Si c'était elle... A l'époque, elle n'était affiliée à aucun club et semblait, par le fait qu'elle montait toujours les deux mêmes chevaux, avoir ses propres installations. Pas d'adresse pour autant. Si je voulais avoir quelque chose de fiable, je devais me rendre là-bas ou transmettre l'info à Delaporte et retourner à mon ennui. Je privilégiais la première solution. J'étais pratiquement sûr de convaincre le commissaire de me laisser prospecter en Anjou.

A huit heures, rasé, habillé en gentleman-farmer, pantalon de velours côtelé marron, veste de chasse discrète, petite casquette de loden, je montai dans le bus pour me rendre à Gouédic, reprendre ma voiture. Je pensais avoir le temps de saluer Delaporte et lui présenter mon plan d'action.

Mais, à la demie, arrivé au commissariat, le planton de service m'a déclaré que son supérieur était déjà en réunion et ce pour toute la matinée. « Le préfet, le procureur, tout le gratin est là. Pas question de le déranger ! ».

Bon. Il devait y avoir du nouveau. Un peu dépité, j'avais oublié que l'affaire des trépassés de l'impasse n'avait rien à voir avec une distrayante partie de campagne. Je descendis au parking, situé en contrebas de la gare routière, presque dans la pente abrupte qui plongeait dans la vallée du Gouédic. Ma voiture ne fit aucune difficulté pour démarrer et je quittais Saint-Brieuc pour Hillion par la nationale douze.

Le redoux se confirmait par la présence d'énormes paquets de brouillard qui déambulaient de manière indolente au fond de la baie. Je les sentais peu enclins à remonter des grèves de Langueux pour se disloquer sur les hauteurs. Ils étaient bien là, nichés au fond de la crique d'Yffiniac, enfermant le paysage dans leurs cotonnades vaporeuses. Ils rendaient la circulation délicate.

Je sortis de la quatre voies par une bretelle et repassais sous le grand axe qui va de Brest à Rennes. Le bourg, fief de Bernard Hinault, somnolait encore dans les limbes brumeux de la nuit. Première à droite, au rond-point, direction Saint-René, Hillion. Et je parvins à ce charmant village, à l'église si caractéristique, avec l'étonnant aspect forteresse de la tour et une élégante balustrade ajourée de quatre feuilles. Je garais mon véhicule à proximité de l'édifice pour lequel j'avais une certaine tendresse. C'est là que mes parents s'étaient mariés. De vagues cousins, que j'avais perdus de vue depuis longtemps, résidaient peut-être encore dans cette commune. Mais des Le Gall, en Bretagne... il y en avait à chaque coin de granit.

Neuf heures trente, tout le temps de m'offrir un croissant chaud à la boulangerie et un petit noir au café. Mon sac en papier à la main, je poussai la porte vitrée du bar. Les conversations s'arrêtèrent d'un seul coup. Accrochés au zinc, trois hommes à la casquette ; à carreaux noirs et blancs pour le premier, marine pour le second, grise en tergal pour le dernier. Ils me dévisagèrent un instant puis reprirent leurs palabres avec le patron, un petit bonhomme ventru, le crâne dégarni, les favoris abondants.

- M'sieur ?

- Un petit café, s'il vous plaît.

Le type ne répondit pas. Il avait déjà empoigné son filtre et lui assénait un retentissant coup pour lui faire cracher son marc dans la poubelle prévue à cet effet. Une vive saccade horizontale au-dessous du distributeur d'arabica et d'une poigne vigoureuse, il vissait déjà la poignée sous son geyser d'eau bouillante. La pantomime bien réglée me ravisait. J'aimais cette ambiance de bistrot dans le petit matin laborieux entre des mecs qui réfléchissaient dès le petit jour comment ils allaient tuer leur ennui quotidien et les besogneux qui n'envisageaient pas de démarrer leur labeur sans s'envoyer le petit noir rituel en brassant les pages du canard régional.

- C'est combien, demandai-je quand la tasse fut présentée devant ma bouille ?

- Un euro dix !

Il traînait déjà sur le zinc, les deux pièces extirpées de ma poche.

- Dites-moi, vous connaissez une certaine Ghislaine Toudeur ?

Ma question stoppa les conversations dans la même seconde. Les quatre tronches se concertèrent en silence. Puis, ce fut le gars à la casquette à carreaux qui prit la parole. Etait-ce le plus ancien, le maire, le pilier de bar ou l'homme le plus au fait des ragots de la commune ?

- C'est ma voisine, dit-il.

- Ah, très bien. On peut la trouver comment ? poursuivis-je en buvant la première gorgée de mon café.

Mon interlocuteur lança un regard perplexe à ses voisins et j'avais l'impression d'avoir posé la question la plus stupide de la décennie.

- Suivez la grande rue, là, derrière vous, au 15.

- Ah, très bien. Merci, ajoutai-je en levant ma tasse pour saluer la franche amitié déployée.

Les buveurs se regardèrent encore un moment. Puis tacitement, ils finirent leur boisson et se dirigèrent du même pas vers la borne de paris. Ils jouaient dans les courses de l'après-midi à Vincennes. Une cavalière, native de Hillion avait une bonne chance dans la première, mais aussi dans le Quinté du jour.

J'aurais pu me passer de solliciter ces gaillards. L'adresse, je l'avais mais je pensais recevoir un accueil plus chaleureux. Mes paroles n'étaient qu'une prise de contact avec la population locale. C'était raté. Le patron ne me considérait plus. Il regardait la météo sur une petite télé suspendue au coin de sa salle.

Le croissant refroidissait dans le sac. Je le dévorais en trois bouchées, pressé d'en finir avec cet intermède navrant. Je mettais cela, une fois de plus, sur le compte de la laideur de ma gueule. Je me trompais.

Ghislaine Toudeur, mon ancienne cliente, détenait l'explication de ce peu d'enthousiasme à son encontre. Elle vivait dans une charmante maison aux volets bleus. Elle-même n'était pas des plus désagréables. J'emploierais pour la qualifier le terme « gironde ». Voilà, c'était cela : la dame était plutôt « gironde ». De taille moyenne, la gorge avenante, un beau teint de blonde dans la belle cinquantaine, les yeux azur pétillants de bonne humeur. Elle me fit rentrer dans son intérieur : des pièces très claires, hautes de plafond, percé de grands vasistas qui apportaient une luminosité des plus agréables. Peu de portes, un escalier en colimaçon qui grimpait vers une mezzanine, une cuisine américaine, des sièges de bar rouges et bleus.

Alors que je m'attendais à être en tête-à-tête avec la dame, un duo de garçons se manifesta à l'étage. Mince, pensai-je en les voyant descendre, l'un en peignoir, l'autre en short, se tenant par la taille ! Des homos. Pas tout à fait, les gamins, vingt-cinq, vingt-huit ans peut-être, vivaient là sous la protection bienveillante de la dame qui aurait pu être leur mère. Sans aucune gêne, elle m'expliqua qu'elle organisait son existence ainsi. Une sorte de couple à trois. Voilà, pourquoi ce curieux attelage ne déclenchait pas dans la commune un enthousiasme débridé.

- Faut vivre avec son temps, déclara Ghislaine, en recevant sur sa bouche pulpeuse les baisers de ses protégés.

Je pensais avoir l'esprit large. Mais là, c'était un peu fort de café. La rombière s'envoyait les gosses sans manières au su et au vue de tous ses voisins. Elle précisait qu'en échange de leur hébergement, les « garçons » comme elle les appelaient contribuaient à la vie du ménage en faisant du commerce sur Internet. Des « pointures » comme elle disait. Elle-même bossait pour une boite un peu spéciale. Des conversations au téléphone des plus émoustillantes, prétendait-elle.

- Oui, commençai-je après le moment de stupeur passé qui sembla amuser grandement mon interlocutrice. La maison que je vous ai vendue, en 1991.

- Oubliée, il y a prescription, déclara-t-elle. Surtout que cela m'a permis de rencontrer votre vendeur, Yves.

- Legodec ?

- C'est ça. Yves Legodec. Un formidable gamin qui me faisait très bien l'amour.

Là, je faillis recracher mon arabica qu'elle venait de me servir. La dame ne s'embarrassait pas de délicatesse. Je ne m'attendais pas à de tels détails, débités sans gène. Elle crut même bon de rajouter en direction des garçons délicats qui se donnaient la becquée du petit-déj dans mon dos, la précision tout à fait surfaite ;

- Non, les garçons, avec vous, c'est deux fois mieux.

Il fallut alors que je prenne sur moi pour poursuivre. De là, à ce que la charmante « couguar » d'un genre très spécial, me propose d'autres agréments à la visite...

- Et ce Yves, balbutiai-je en vidant d'un seul coup ma tasse ?

- Disparu du jour au lendemain. Il a dû se prendre une bonne engueulade par Papa qui n'appréciait pas qu'on s'envoie en l'air dans son bureau pendant les semaines où il bossait. Toujours sur les routes, mon paternel. C'est pour ça que maman s'est tirée avec le facteur. Elle est maintenant à Rennes ou Dinan, je ne sais plus. Je ne la vois jamais.

- Et cela ne vous a pas... inquiété, poursuivis-je, complètement ahuri par le discours de madame Toudeur ?

- Non, j'ai tout de suite retrouvé autre chose... en homme, je m'entends. Je me suis même mariée. C'est vous dire...

- Et la maison qu'Yves vous a vendue pour mon agence ?

- Une bicoque vers Cesson. Une sinistre maison revendue trois mois plus tard, une bouchée de pain... Un truc infâme mais ce n'était pas cher. Je l'ai prise parce qu'il s'était engagé à venir y habiter avec moi. Je crois que pendant la visite, on a surtout...

De peur qu'elle me fasse part de tous ses ébats graveleux, je coupai court au dialogue. Je remerciai en posant tout de même la dernière question.

- D'où était-il ce garçon ?

- Les Ponts-neufs, je crois. (Elle prononçait Pontneu, comme cela se devait dans ce coin d'Armorique...)

- Très bien, merci beaucoup, dis-je en me levant.

- Vous ne voulez pas rester ? On a prévu de retapisser la mezzanine, ce matin ? Hein, les garçons ?

Ce fut le coup de grâce. La proposition avait tout du traquenard obscène. Le message subliminal déclencha en moi, un sentiment de terreur et je ne cherchai plus qu'à fuir à toutes jambes de cet endroit... très spécial.

En remontant dans ma voiture, je crus distinguer sur la figure des buveurs, derrière la vitre du café, des sourires goguenards. J'étais à la fois furieux et terrorisé d'avoir pu me trouver dans une telle situation. Mon palpitant ne se calma qu'à l'entrée de Saint-Brieuc. Et toute la journée qui s'ensuivit, je n'arrivais à maîtriser un tremblement nerveux en repensant à mes délicates investigations d'enquêteur du dimanche.

De retrouver mon agence, même silencieuse et pour tout dire morose, me fit du bien. Là, au moins, je ne risquais rien pour ma vertu. Je pris le temps de regarder mon courrier, mes mails et de me servir une solide ration de scotch. Puis, j'en vins à quelques réflexions quant au métier qu'exerçait Delaporte et ses collègues. Ils devaient tout de même en voir de croustillantes, de la plus anodine à la plus édifiante sur la nature humaine. Peut-être devenaient-ils rapidement blasés pour ne pas tomber dans la désespérance ? Ou au contraire, prendre ces horreurs comme motivation supplémentaire pour combattre le mal ? Cela m'aurait plu pourtant de faire ce job. Mais pour l'heure, je n'en voyais que le côté intellectuel, celui qui consistait à pousser des recherches, à récolter des éléments d'un puzzle comme un besogneux maquettiste qui assemble un bateau à voiles ou une réplique d'un B-17 de l'US Air-Force.

La faim me poussa en dehors de ma tanière. Mais Cédric avait fermé pour la journée. Ses fournisseurs, avec la neige de la veille, avaient renoncé à venir à Saint-Brieuc. Je pensais surtout qu'il voulait revoir sa petite famille. Heureux homme. Et comme c'était ouvert au Ribault, la belle maison moyenâgeuse de la rue Fardel qui abritait un resto des plus sympas, je m'y installai pour voir du monde. C'était un établissement amusant comme tout avec ses petites salles biscornues installées dans un logis typique du XVe siècle et les gens venaient autant pour le cadre que pour la cuisine. Des touristes mais aussi des commerçants du quartier.

Justement.

- Tiens, Bastien, toujours dans l'escroquerie ?

C'était Gaëtan, un ancien confrère, qui avait coulé sa boite en deux ans. Héritier d'un grand nom, il s'était beaucoup amusé à jouer les fils à papa, roulant dans de belles bagnoles et s'affichant avec de splendides pépés qui se goinfraient un maximum dans son sillage. La crise immobilière le dégomma sans aucun scrupule. La victime était trop inconsciente, trop insouciante. Gaëtan fut le premier du quartier à mettre la clé sous la porte. Pour autant, il n'avait rien perdu de sa superbe. Beau mec, il vendait maintenant des lunettes dans une boutique de luxe rue Saint-Guillaume.

- Alors, Gaëtan, les lorgnons ? T'arrives toujours à y voir clair ?

- Je me débrouille, dit-il en me présentant sa dernière conquête, une longue fille brune au regard mystérieux. Karen, ma collègue de travail.

- Enchanté, répondis-je en me levant pour serrer les doigts de la beauté qui contenait mal à une moue de dégoût.

Le couple s'installa dans mon dos. Je percevais un peu de leur conversation.

- Donc, c'est plus haut, la maison du crime, commença la belle Karen,

- Ouais, mauvaise pub pour le quartier, répondit Gaëtan.

- Oh non, c'est plutôt attractif. Les touristes vont bientôt ajouter cela à leur circuit du vieux Saint-Brieuc, tu vas voir.

L'homme répondit d'un rire et comme on apportait mon plat, je perdis d'oreille leur discussion. Mais mes réflexions reprirent dans mon cerveau sollicité par les propos de Karen.

Mon calme quartier, tout emmitouflé dans son histoire séculaire, ses rues pavées, ses façades à colombages, ses toits d'ardoises. Qu'allait-il devenir avec cette affaire ?

Un peu décontenancé par mes interrogations, je remontai dans mon bureau après avoir salué Gaëtan et sa dulcinée d'un discret signe de tête. Je décidai de téléphoner aux Ponts-Neufs pour retrouver trace de Legodec.

- Allô, Bastien Le Gall, à l'appareil. J'aimerais parler à Yves Legodec, s'il vous plait.

- Ah mon pauvre monsieur, à moins d'aller au parloir de la prison de Rennes, ce sera difficile, répliqua une voix féminine.

- Qu'est-ce qui lui est arrivé ? Je suis un de ses anciens employeurs, je pensai lui proposer de faire un remplacement.

Le mensonge ne me gênait pas. Au point où en était le gars, ça ne présentait aucune importance.

- Ben, il en a encore pour neuf mois. Il a fait une connerie... désolé pour le mot... assez sérieuse en revendant des voitures volées. Je suis sa grand-mère et ça a fait beaucoup de peine à toute la famille. Pourtant, c'était un gentil gosse jusqu'à ses seize ans. Puis, son père s'est suicidé ; ça n'a pas aidé. Sa mère s'est mise alors à boire...

- Oui, madame, je suis désolé. Merci.

Et je raccrochai. D'écouter toute la misère familiale des Lagodec ne me disait rien. Je soupirai en reposant le combiné. Toutefois, ce petit escroc de Yves ne faisait pas partie des trépassés de l'impasse. Pour tout dire, dans ma petite caboche d'enquêteur de pacotille, j'avais imaginé que mon ancien salarié avait connu un sort funeste, asséné par un client furieux ou une amoureuse délaissée. Et qu'il avait trouvé le repos éternel dans la cave de la maison. Ce n'était pas bien malin mais pourquoi pas, finalement ?

L'après-midi fut longue, très longue. Pas un coup de fil, pas une quelconque sollicitation, rien. Le jour tomba progressivement dans mon bureau. Je surfais sur Internet, allant des performances de la cavalière Leblanc aux affaires criminelles de Bretagne (de l'antiquité à nos jours... Tout un programme), en m'offrant un détour sur des sites plus polissons. Puis, à la nuit, je m'extirpais de mon fauteuil de patron et descendis les marches qui me ramenaient au monde.

Le temps avait changé. Le froid était reparti sévir dans d'autres contrées plus au nord, Angleterre, Pays-Bas et Scandinavie. Mais le bougre avait laissé sur place, sa bonne amie ; la tempête. Il soufflait un vent terrible, implacable, subitement maître de la péninsule bretonne. Et non seulement, il se déchaînait en violentes bourrasques mais en plus, il nous abrutissait de soudaines averses glaciales et rageuses. L'arbre de la place gémissait de toutes ses branches et les étourneaux qui d'habitude nous agaçaient les tympans de leurs cris incessants, se taisaient. Étaient-ils même là ?

Cependant, ces grandes bouffées d'air frais me dégrisèrent vite de mon engourdissement. J'allais marcher. Parka, capuche et tête baissée. A grand pas, pour réactiver mes neurones, mes poumons, mes mollets. Je pris à gauche pour poursuivre la rue vers la Chambre d'Agriculture puis la rue du Parc (celui de la Préfecture, petit bijou d'horticulture, rarement ouvert... dommage) et je basculais par la rue des Buttes pour retrouver le rond-point de la vieille route de Gouët.

Au plus bas de mon tour, somme toute modeste, j'étais face à la rue des frangins Le Goff. Plus qu'à remonter pour rentrer à la maison. Le coin était désert. Peu de voitures, pas un chat.

Mais, à ma droite, la porte qui fermait la sinistre Venelle aux Chiens, le passage presque secret qui remontait à la maison du crime, me tirait l'oeil. L'insignifiante porte de bois battait au vent. On l'avait forcé ? Sans doute. A chaque mouvement d'air, elle s'ouvrait en grand, suspendant un instant sa course pour revenir percuter son bâti avec un bruit sourd et des gémissements pénibles de gonds. La répétition était lancinante et je crus bon d'y mettre fin en m'approchant de l'ouverture.

Puis, je fus assailli par une pulsion de curiosité. Malsaine, j'en conviens. Mais, j'y cédai immédiatement. Je rentrai dans la ruelle en tenant la porte qui ne se serait pas privée de me revenir en pleine tronche par le prochain coup de vent. Je fis alors un geste stupide, je la recalai de force pour la faire taire. La malheureuse se pliait sous l'effort, coincée dans l'encoignure, cintrée comme une banane. La venelle, étroit goulet, devint alors silencieuse. Les ululements de la tempête se manifestaient au-dessus de ma tête sur la cime de la butte. La végétation faite de ronces, de repousses de frênes, de sureaux n'incitait pas à la promenade. Elle envahissait l'étroit sentier et aurait découragé le plus téméraire des aventuriers. Pourtant, je fis deux pas en avant, puis cinq, dégageant de la main droite les obstacles ligneux. C'était assez pénible. Puis, je découvris qu'en fléchissant les genoux, je pouvais progresser plus vite, comme si la venelle était empruntée par des pygmées. Ou plutôt des farfadets... En Bretagne, cela me paraissait plus vraisemblable.

L'obscurité n'était pas totale. La lune se débattait au milieu des nuages pour me porter secours, de manière incertaine, irrégulière mais je sentais qu'elle faisait son possible pour m'aider. La pente augmentait, ma respiration de sportif de salon s'accélérait, je commençais même à transpirer dans ma tenue d'esquimau. Les ronces ne se privaient pas de m'agresser à la tête, et bien souvent, je fermais les yeux, rentrais ma caboche dans mon col et fonçais. Ça glissait sur le tissu huilé de ma tenue, mais je percevais bien que les épines du végétal se seraient bien offert une belle estafilade sur ma sale gueule, histoire de rappeler que je n'avais rien à faire là.

J'étais presque arrivé aux contreforts de la bicoque aux macchabées. L'équipe de la scientifique n'était pas descendue aussi bas mais je distinguais maintenant les quadrillages effectués pour les relevés. Plus de cinq mètres et j'allai déboucher sur la zone interdite. « Voilà, me dis-je, tu vas pouvoir souffler deux secondes ». Plié en deux, les mains sur les genoux, les poumons en feu, je tentai de calmer mon palpitant. Soudain, un bruit de course me fit relever la tête. Un chien, un ours, un homme ? Le temps que j'identifie la source du bruit, j'étais renversé par une violente bourrade. Mon épaule droite fut percutée par un gaillard qui fuyait vers le bas. Un type immense, du moins, je le percevais comme cela. Au sol, un peu groggy par l'abruti qui ne s'était même pas présenté, je regardais l'énergumène traverser les broussailles comme un chasse-neige ouvrant un tracé dans la poudreuse. Il émettait un râle de bête, encaissant chaque fouet des branchages par un cri furieux.

Mon deltoïde m'envoyait maintenant de longues douleurs aiguës et je me pouvais plus mobiliser mon bras droit. Accroupi sous la flotte qui en profita pour me rincer de haut en bas, je tentai de mettre de l'ordre dans mon cerveau parasité par les crispations douloureuses de mon épaule. Les genoux dans le sol spongieux de la venelle, je ne parvenais plus à me redresser. Une peur de mort imminente me paralysait. Je n'arrivais plus à me raisonner.

La tempête, au-dessus de mon crâne redoublait et finit par vaincre la lune qui s'éclipsa d'un seul coup. Mon cloaque devenait boueux, sombre et pitoyable. Je grelottais, traversé par des sueurs froides qui me faisaient claquer des dents. Je n'allais pas rester planté dans ce trou indéfiniment ! Alors, par un rageur instinct de survie, je me relevai en gémissant comme un dément. Et sans aucune précaution, je traversai à grandes enjambées la zone interdite, massacrant les relevés qui sous l'effet des trombes d'eau et de mes pas, perdaient leur bel alignement.

Je me trouvais maintenant face aux grilles cadenassées, hébété, un peu à l'image de l'ours du zoo de Trégomeur devant sa grille. Je ne voyais pas comment j'allais me retrouver de l'autre côté. Affolé, je m'apprêtais à hurler pour qu'on me sorte de là, quand une bourrasque fantastique décrocha d'un magnolia d'un jardin voisin, une lourde branche qui vint s'abattre sur les grillages. Je n'eus pas le temps de me dégager complètement. Ma jambe gauche resta coincée sous un panneau disloqué de la protection métallique. Heureusement, sans mal.

Passé le moment de stupeur, je réussis à m'extirper du bazar couché sur les fondations écroulées. Les deux pieds sur la grille, j'essayais, comme un homme ivre ou un marin en plein roulis de progresser sur les mailles. Ouf, j'y étais. Les deux panards sur le pavé. Sorti d'affaire. Je n'avais pas l'intention de m'attarder dans l'impasse. Pourtant la branche avait éventré de son extrémité la terre et avait mis à jour une sorte de souterrain. La douleur m'empêcha de prolonger mon observation. Je pris la ruelle pour rentrer chez moi, juste au moment où Le Graét, alerté par le craquement sonore du magnolia, mit le nez à son portillon. Je pensais bien qu'il ne m'avait pas reconnu.

C'est alors que j'entendis crier au bas de la butte. L'inconnu de la venelle venait de se prendre de plein fouet la lourde qu'il pensait avoir laissée ouverte...

L'ouverture de ma porte fut des plus laborieuses. Ma main droite refusait de saisir correctement mes clés. Je tremblais tellement, de douleur, de froid et de colère que je dus empoigner de la main gauche mon trousseau dans la poche du côté inverse de ma parka. Occupé par ces contorsions, je ne vis pas arriver derrière moi le commissaire Delaporte. Sa voix, pourtant bienveillante, me surprit tellement que je lançais un cri enfantin :

- Laissez-moi, bon sang, j'n'ai rien fait.

- Sans, doute, reprit Delaporte mais vous me semblez tout de même quelque peu secoué, cher ami.

Je ne pus accepter sa poignée de main mais quand il vit ma grimace douloureuse, il comprit que je n'étais pas au mieux de ma forme. Je pleurais de douleur, la main gauche tenant ma clé et ne parvenant pas à l'introduire dans la serrure.

- Donnez-moi, ça, je vais ouvrir, dit-il.

Et il fit jouer la serrure dans le plus grand calme. C'était une de ses forces, ce sang-froid peu commun.

- Allez, accrochez-vous, montez. Vous serez mieux

là-haut et on y verra plus clair.

- C'est maintenant, la petite clé marron, dis-je en parvenant à articuler mes premiers mots.

- Okay, répliqua-t-il en visualisant l'objet et il ouvrit l'agence.

Je me débarrassai de ma parka avec son aide. Il ne disait mot. Puis, j'entrepris de retirer mon pull. Ce fut plus délicat. La manche gauche, cela semblait dans le domaine du possible, la droite, beaucoup moins...

- Le mieux, Le Gall, c'est que vous me laissiez faire.

- D'accord, dis-je lâchant un soupir accablé.

- Vous y tenez à votre pull ? demanda-t-il en repérant une grande paire de ciseaux sur mon bureau ?

- Bof...

Et ni une, ni deux, il découpa l'étoffe avec une rapidité surprenante. Mon pull, acheté à Eurodif, ou H et M, Monoprix, peut-être, je ne savais plus, sauf que je l'aimais bien... fut vite réduit en morceaux. Mon teeshirt aussi.

- Ben, mon vieux, vous vous êtes bien esquinté, constata-t-il en visionnait le bel hématome qui rougissait mon épaule. Peut-être même une luxation, voire une clavicule en morceaux. En tout cas, les urgences. Le plus pratique serait de vous mettre sur le dos, une couverture, une couette, un couvre-lit et je vous emmène à l'hôpital.

- Mais, protestai-je, pas besoin... Je vais prendre...

- Quoi, une aspirine et dodo ! Vous rigolez ? S'il vous vous êtes luxé ou cassé quelque chose, ça ne va pas passer avec des prières et des tisanes, même celles que l'on a l'habitude de boire dans mon bureau ou ici.

Une demi-heure après, une couverture de mon lit d'ado sur les épaules, je patientais aux urgences. Un vrai naufragé, la gueule de l'emploi avec. De quoi faire taire tous mes voisins qui me dévisageaient inquiets de ma dégaine. Delaporte aurait pu faire valoir sa fonction pour me faire passer devant les quelques malheureux arrivés avant moi. Mais non, cette sortie se faisait dans le cadre privé.

Pendant le trajet, il m'avait raconté, histoire de relativiser mon infortune, que lui connaissait bien les hôpitaux.

- La neurofibromatose, vous connaissez ?

- Ouh là, même le nom me fait mal, répondis-je pensant faire de l'esprit.

- J'en suis atteint. Une saloperie qui m'a fait une tronche comme ça. Opéré plusieurs fois avec des séquelles, dirons-nous... esthétiques. La gueule ressemble à Verdun après les bombardements allemands. Je fais avec depuis mes huit ans. Et ce sera ainsi jusqu'à ma mort. Sympa, non ?

Se moquait-il de moi ? Je le crus un moment mais il suffit que je scrute un instant son profil dans la lumière des lampadaires qui bordaient l'avenue de l'hôpital pour réaliser qu'il ne mentait pas. J'arrivais à distinguer des cicatrices infimes autour de son nez.

- En gros, ce sont des trucs qui me poussent un peu partout sur le corps quand ça lui prend. Je vous passe les détails mais ce n'est pas le pied. Il faut régulièrement que je passe rendre visite à mon chirurgien. C'est d'ailleurs devenu un ami, ce toubib. Il est installé à Paris, Montrouge, exactement. Il semble toujours ravi de me voir débarquer.

J'avais du mal à apprécier l'humour du commissaire mais il m'impressionnait. Qu'étais-je moi avec ma petite épaule endolorie et ma tronche qui ne risquait pas de s'enlaidir plus. Alors, que la sienne, c'était pas dit !

Ah, enfin, c'était mon tour.

- Belle luxation, et peut-être un cht'i bout de clavicule arrachée dans l'affaire.

L'interne avait un accent du nord terrible. Il m'envoya à la radio. Pronostic confirmé. Trois semaines d'immobilisation.

Avec une attelle sur le torse, un truc qui allait me démanger pendant un bout de temps, Delaporte me ramena au centre-ville. Je ne pouvais pas faire moins que de l'inviter à dîner à la pizzeria de Tonio et surtout, j'avais besoin de lui pour couper ma Marguerita ! Plus sérieusement, je devais lui raconter mon étrange rencontre qui m'avait valu ce bras en écharpe.

Le commissaire l'écouta attentivement et prit même des notes sur un petit calepin qu'il posait à droite de son assiette. Il ne m'interrompit pas mais à la fin de mon récit, m'apprit lui aussi des choses.

- Je crois savoir pourquoi ce type traînait dans la venelle, commença-t-il. Mais cela suppose qu'il a eu des fuites dans les derniers résultats de la scientifique. Je n'aime pas ça.

- Comment ça ?

J'étais vraiment surpris de sa remarque.

- Bon, mais gardez ça pour vous. Les analyses sont prodigieusement intéressantes. Je parle des corps mais pas seulement. On a découvert, entre autres que le cadavre enterré le plus profond n'est absolument pas contemporain des deux autres qui eux-mêmes ont été inhumés à des époques différentes.

- Mais comment est-ce possible ?

- Ah ça, c'est beaucoup trop tôt pour le savoir. Revenons à notre premier bonhomme ou bonne femme. On le saura sans doute, demain ou après-demain. En tout cas, il est là depuis, au bas mot, le dix-neuvième siècle. Enseveli avec une sorte de trésor, enfin on a retrouvé une dizaine de Napoléon auprès de ses ossements.

- Il comptait peut-être l'emmener au paradis, remarquai-je, entre deux bouchées.

- Et bien, voilà, cher ami, vous allez mieux. Vous retrouvez une partie de votre humour lamentable, répliqua-t-il sans sourciller.

- Excusez-moi, c'est ce Chianti avec les anti-inflammatoires, poursuivis-je en repoussant mon verre vide.

- Et donc ces quelques pièces ont sans doute donné à quelques innocents dont votre client, l'idée d'un magot enfoui. Il a dû apprendre la présence de cet or par une indiscrétion lors de notre réunion de ce matin.

- En tout cas, je suis désolé. Votre scène de crime doit être un peu saccagée avec ma bourde, ajoutai-je piteusement.

- On y jettera un coup d'oeil, en sortant d'ici. On vérifiera votre histoire de souterrain, conclut Delaporte. Je ne vais pas convoquer à cette heure-ci une équipe pour protéger le site sans vérifier que cela en vaille la peine. Une surveillance ne devrait même pas être nécessaire.

Il n'y en avait effectivement pas besoin. Le Graét s'en chargeait. Depuis que la branche du magnolia s'était effondrée sur les grilles, il ne pouvait plus se tenir tranquille et retourner paisiblement à sa collection de timbres. Il surveillait les lieux de sa cuisine, tiraillé par une envie mal contenue d'appeler la police. Il sortit de sa maison comme un diable de sa boite quand il nous aperçut dans l'impasse.

- N'avancez plus ou j'appelle la police, hurla-t-il dans la tempête

- Mais je suis la police, rétorqua Delaporte en tendant sa carte tricolore.

Je baissais le nez pour ne pas être reconnu. Ce fut totalement inutile.

- Mais Le Gall, que faites-vous là ? déclara-t-il en me dévisageant.

- Il m'accompagne, poursuivit le commissaire en remontant son col.

Le vent soufflait sur la butte et des fragments végétaux de toutes natures, feuilles, branches, herbes déambulaient dans la ruelle. Il ne faisait pas bon de rester là. Pourtant, Le Graét me regardait d'un air incrédule, bouche bée, insensible au tumulte.

- Bon, rentrez chez vous, monsieur, si besoin, on viendra vous voir demain.

- Bien, m'sieur l'agent, répondit bêtement mon voisin...

- Commissaire, si cela ne vous gêne pas.

Le pauvre bougre rajusta sa casquette d'un geste las et retourna à ses occupations domestiques. Nous en profitâmes pour nous avancer vers les grilles couchées sur les fondations de la maison.

- Vous voyez, cette sorte de souterrain, dis-je en montrant de mon bras valide une voûte effondrée découverte par la branche abattue.

- Ah oui, avec la pluie, je ne l'avais pas remarqué... C'est intéressant. Il faut quand même protéger le site. J'appelle une équipe.

Nous attendîmes un quart d'heure avant qu'une escouade de quatre policiers en tenue ne réponde à la demande de Delaporte. Le véhicule se gara sur la place, sous mes fenêtres et les types, visiblement mécontents d'être dérangés en sortirent en traînant la semelle. Ils se présentèrent au commissaire puis se mirent au travail. Ils réussirent non sans mal à retirer la branche et à relever le grillage. Ils s'y prirent assez bien pour soustraire à nouveau la scène aux regards des curieux.

- Voilà, commissaire, c'est en place, dit le chef du groupe.

- Très bien, merci beaucoup, répondit Delaporte. Rentrez vous mettre à l'abri.

La camionnette repartit dans la minute.

- Bon, il est tard, déclara le policier. Je vous laisse. Essayez de dormir. N'abusez pas des potions un peu spéciales. Je vous appelle demain ou je passerai vous voir. Cette affaire de souterrain m'intrigue. J'ai un ami qui travaille aux monuments historiques. J'espère pouvoir le faire venir afin d'avoir un avis d'expert.

- Merci, pour tout, balbutiai-je en le regardant descendre la rue Fardel.

Mon épaule douloureuse se réveillait. Elle ne semblait pas apprécier le départ d'un gars qui l'avait bien sorti de la mouise.

La nuit fut des plus pénibles. Comment trouver sa place dans un grand lit avec une attelle qui me collait le bras sur le torse alors que d'habitude, je n'arrivais à trouver le sommeil que les bras en croix en travers de mon sommier ? Je finis par avaler le triple des analgésiques que m'avait fourni le pharmacien. Je sombrai alors dans un potage des plus glauques, traversé par de fulgurants cauchemars où je me trouvais enfermé dans un souterrain de la butte, torturé par mon agresseur de la venelle qui avait la tronche de Zoldan. Une horreur !

Quand au petit jour, on sonna à ma porte, je pensais en avoir fini de ces tourments nocturnes. Je me gourais. Et devinez qui patientait sur mon seuil ? Zoldan, en personne.

- Le Gall, vous m'ouvrez ? L'adjoint du commissaire...

- Vous y tenez vraiment, répondis-je, je ne suis pas beau à voir...

- Oh, vous savez. Dans mon métier, je vois des atrocités tous les jours.

J'avais raté une occasion de me taire. Il fallut me résoudre à libérer ma porte et à laisser monter ce raseur. Ce dernier qui se glorifiait d'avoir tout vu ne put réprimer une grimace en me dévisageant. Il l'avait voulu, tant pis pour lui. Précédemment, mon miroir ne m'avait laissé aucun doute. Mes cernes étaient ronds et creusés comme des assiettes à soupe et mes joues flasques retombaient sur mes maxillaires, comme de vieilles chaussettes.

- C'est le patron qui m'envoie. Il souhaite que vous me disiez, à tête reposée, enfin, c'est une façon de parler, à quoi ressemblait votre agresseur.

- A quoi ressemblait ce type, croisé dans l'obscurité, sous la pluie ? Vous plaisantez.

- Ai-je l'air ? rétorqua Zoldan, en dardant sur ma tronche ses yeux mauvais.

Ce balourd, ce « balours » plutôt, j'étais assez content de mon jeu de mots, ne paraissait effectivement pas venu chez moi pour rigoler. Il fallut bien que je m'exécute. Mais pour dire quoi ? L'inconnu était grand, tête nue, vêtu de sombre. Il poussait des cris rauques.

- Et que faisiez-vous, sur une scène de crime, au milieu de la nuit ?

- Ah voilà, nous y sommes ! Vous voulez m'accuser de quoi, encore ?

- Pourquoi encore ? Vous ai-je déjà accusé de quoi que ce soit ? Répondez !

- D'abord, il était à peine sept heures ; et je ne suis pas entrée sur votre scène de crime, je n'ai trouvé d'issue qu'en passant par vos relevés pour me mettre à l'abri.

Zoldan fit peser son regard lourd et poisseux sur moi. Quelle haine animait ce type ? J'en étais scandalisé.

- Mouais, pas clair, votre histoire. Et arrêtez de vous mêler de cette affaire. Ce n'est pas parce que le patron vous a à la bonne qu'il faut apporter votre grain de sel, poursuivit-il en se relevant de son siège.

- Comme quoi, par exemple ? demandai-je surpris de sa réflexion.

- Le dentiste d'Yffiniac, un dénommé Robert, cavalier à Brezillet.

- Oui, et alors ?

- Mort ! Accident de voiture sur la nationale avec sa secrétaire qui, paraît-il, était sa maîtresse, elle-même défigurée.

- Pauvre femme, dis-je, sincèrement touché par la nouvelle.

- Oui, elle avait la réputation d'être très belle. Une certaine Catherine Perrin, précisa-t-il sans se douter que ce nom allait réveiller en moi des souvenirs lointains.

- Qui, m'écriai-je ? Catherine, c'est pas possible ! Je la connais très bien. Nous avons été ensemble au lycée Saint-Charles. Elle sortait avec mon meilleur pote. Avec moi, ça risquait pas mais on s'entendait bien.

Zoldan eut alors un geste d'humanité très surprenant chez lui. Il tourna les pages de son calepin et me retrouva l'adresse de mon amie d'adolescence. Elle vivait tout près. Rue Saint-Benoît, au 25.

- Si ça vous dit de passer la voir, précisa-t-il avec un soupçon de sourire.

J'étais stupéfait. Il devait y avoir une explication à cette soudaine sollicitude. Je l'apprendrai beaucoup plus tard de la bouche de Delaporte. La propre mère de l'adjoint avait subi le même sort quelques années auparavant... Donc, cet ours-là détenait une part de sensibilité ? Tout n'était pas perdu.

Après son départ, je me précipitai sous la douche. Puis, je remis la main sur un ancien rasoir électrique. Sans ma main droite, je risquais la vilaine coupure. Ce n'était pas la peine d'en rajouter. J'avais l'intention de revoir Catherine. Si c'était bien elle, le patronyme était courant... Et qui me certifiait qu'avec son nouveau visage, je serais capable de la reconnaître ?

A neuf heures, dedans un bol de café, je tentais de mettre en place ma journée. Renouer avec Cath, en l'appelant vers dix heures, voir en début d'après-midi, cet appartement à vendre du côté de Saint-Michel, rue du Port, un type venait de le rénover. Il le mettait en vente. Son fils qui devait l'habiter venait de s'engager pour cinq ans à La Légion Étrangère. Je comprenais son découragement et son impatience de se débarrasser du logement devenu inutile. Il m'expliquait tout cela dans un mail reçu dans la soirée de la veille.

Puis, je pris mon téléphone.

- Allô, oui, bonjour, je suis Bastien Le Gall, pourrais-je parler à Catherine Perrin, s'il vous plaît ?

- Elle-même, me répondit une voix grave, un peu chevrotante.

- Tu es bien la grande Cath, la copine de Julien Galet, au lycée ?

Un silence se fit puis elle finit par dire ;

- Ouh là, c'est loin tout ça, très loin ; J'ai mis du temps à me rappeler de cette époque. Et toi, Bastien, tu étais son meilleur copain, c'est cela. Tu avais une...

- Sale gueule, coupai-je pour éviter qu'elle soit gênée de se souvenir de mon visage.

- Non, enfin, je ne sais plus mais c'était toi qui avais une mob superbe, rouge et bleu, magnifique, poursuivit-elle ?

- Exact.

Un nouveau blanc.

- Tu sais ce qui m'est arrivé, renchérit-elle. L'accident, mon patron.

- Oui, j'ai appris. Je suis désolé. Mais pourrait-on en parler de vive voix, j'habite place Louis Guilloux ? Je peux être chez toi dans une demi-heure...

- Tu plaisantes. Il ne te faut pas un quart d'heure, cinq minutes, tout au plus. Arrive. On parlera de notre jeunesse.

Je mis le nez dehors sous une pluie fine. La tempête s'était calmée. Les pavés luisaient et les gouttières glougloutaient avec des intonations joyeuses. Le quartier était paisible et dans l'impasse, les grillages se tenaient droits et fiers comme des cerbères gardant les enfers.

Il ne me fallut effectivement pas plus de cinq minutes pour me présenter au 25 de la rue Saint-Benoît. Une maison étroite, aux murs de granit sombre, aux volets et encadrements de fenêtres rouges. Un perron de trois marches. Une sonnette dorée.

On m'ouvrit dès que retentit la sonnerie. C'était Catherine, une grande femme élancée, avec beaucoup d'élégance et un visage bien... cabossé. « Voilà, me dis-je, quelqu'un de mon niveau ».

Elle m'offrit un air désolé. Sa bouche, réduite à deux fines lèvres gondolées, grimaçait un sourire. Son nez, visiblement refait entièrement, choquait par son aspect artificiel. Seuls, des deux grands yeux mobiles conservaient leur touche pervenche des plus séduisants.

- J'ai l'impression que les chirurgiens que nous avons côtoyés l'un et l'autre ne sont pas les maîtres de leur discipline, déclara-t-elle en m'embrassant sans aucune gêne sur les deux joues.

- Mais tu conserves toujours ta belle silhouette et tes yeux magnifiques, répliquai-je en posant les pieds dans son couloir.

- Tu es gentil. Cela fait quoi, trente ans que l'on ne s'est pas vus, poursuivit-elle ?

- Au bas mot, répondis-je.

- Mais ton bras, tu te l'es cassé ?

- Non, j'ai fait une mauvaise rencontre avec... une porte.

Rien ne m'obligeait à lui raconter les détails de ma soirée de la veille. Elle me fit rentrer dans son adorable maison, claire et coquette.

Ce fut un moment assez étonnant. Assis dans son petit salon, autour d'un solide arabica accompagné de gâteaux secs, nous devisions comme de grands amis. Et d'ailleurs, nous l'étions. Comme à mes dix-huit ans, je n'avais aucune chance de lui plaire, elle se confiait facilement à moi. Elle me considérait comme inoffensif et par là même, totalement dénué d'intentions amoureuses vis-à-vis d'elle. Elle se trompait car elle était, à l'époque, mon fantasme numéro un.

Mais là, dans le même état, ou à peu près, abandonné sur la route du succès et de la beauté, nous partagions une même solitude. Notre duo possédait quelque chose de pathétique qui devait ressembler à ces réunions de « gueules cassées » d'après la Grande Guerre. Il ne manquait plus que Delaporte pour étoffer notre effectif d'affreux. Néanmoins, malgré les stigmates terribles de son accident sur le visage, Catherine conservait une allure qui me ravisait.

Pourtant, je souhaitais en apprendre sur cette mystérieuse Djedjica.

- Tu te rappelles de cette cavalière ? commençai-je.

- Oui, assez bien. Une petite jeune fille, très typée, très brune mais avec des yeux de feu et un corps de déesse. Elle plaisait beaucoup à Bruno, mon patron, Bruno Robert, mort dans l'accident.

- Et de mauvaises langues disent que....

- Si tu écoutes tout ce qui se dit. Par exemple que j'étais la maîtresse de Bruno. C'est faux. Je travaillais pour lui, c'était tout. Il aurait bien voulu plus, je te l'accorde mais moi, à l'époque, justement c'était plutôt Leblanc, le père adoptif de la gosse qui m'intéressait. Un grand blond, les yeux clairs. Je venais de me séparer de mon mari qui me trompait avec la bonne. J'étais disponible et un peu perdue ; alors pourquoi pas lui ?

- Et de son côté, Leblanc, tu lui plaisais, je suppose ?

- Tu es gentil. Mais oui, je crois que cela se présentait pas mal. Puis, après l'accident, évidemment... En février 2004...Un hiver terrible...

- Et Bruno et la gamine ?

- Des avances maladroites, rejetées avec véhémence par la gosse. Mais le benêt de Bruno qui insistait. Tu te rends compte, la gamine était à peine majeure. Et le père qui s'en est mêlé, évidemment. Ça a été assez pénible pour tout le monde. Dommage, j'espérais beaucoup de cette relation avec Leblanc avant cette foutue plaque de verglas ou d'huile... on n'a jamais bien su, à la sortie de Lamballe. La mort de Bruno, six jours de coma pour moi, huit mois de rééducation, d'opérations et autres réjouissances. J'étais dans un autre monde...

La conversation baissa d'un coup. J'eus du mal à la relancer.

- Et plus de nouvelles ?

- Non. J'ai juste reçu un an plus tard, un faire-part de mariage. Sa fille, Brigitte ou Djedjica se mariait. Un certain Bonitiovani, rigolo, comme nom et facile à mémoriser. La preuve, je m'en souviens encore... Fils d'un notable corse qui avait fait fortune sur son île dans le bâtiment. Le père a envoyé son dernier rejeton tenter sa chance sur le continent. Installé à Guingamp ou par là.

- Et Leblanc, il t'a raconté un peu son histoire ?

- Effectivement et ce n'est pas banal. Je te fais que les

grandes lignes, parce que c'est compliqué.

Elle se lança alors dans les méandres de l'existence de l'homme de l'impasse. Né à Pouancé, le garçon, brillant dans ses études, intègre Saint-Cyr puis fait un court séjour en Indochine en 1953 et part pour l'Algérie, l'année suivante.

- Il m'a dit s'être marié en 1956 avec une fille de pied-noir rencontrée à Oran. Mais il a mis beaucoup de temps à me dire que son épouse, enceinte alors de cinq mois avait été gravement blessé par un attentat en avril 1958 à Orléansville. Il était dans les Aurès, à ce moment-là.

- Et sa femme n'a pas survécu ? On m'a dit qu'il était veuf.

- Exact, morte deux semaines après une inévitable fausse couche. Mais dis-moi, tu en sais déjà pas mal sur Leblanc ?

- Je m'intéresse au personnage et pour cause, c'est le dernier locataire connu de la maison où on a retrouvé les corps... et c'est mon agence qui lui a vendu, précisai-je en sirotant mon café.

- Et bien, dis donc, tu es au coeur de l'enquête, répliqua-t-elle amusée par l'affaire.

Elle me resservit en café et poursuivit le parcours de Leblanc. Inconsolable, l'officier était pourtant resté en Algérie jusqu'aux derniers moments. Puis, il était rentré pour la métropole.

- Sur cet aspect, il ne m'a pas dit grand-chose. Pas plus qu'il n'a eu le temps de m'expliquer pourquoi il avait adopté cette gamine. Il m'en aurait dit plus si nous avions eu la chance de poursuivre notre relation.

- C'est marrant qu'un gars qui avait l'air de bien

s'entendre avec toi, n'ait pas cherché surtout après tes malheurs de te revoir, ajoutai-je un peu perplexe.

- Oui, ça m'étonnée, surprise et pour tout dire déçue. Néanmoins, avec ma figure de cabossée, ça peut se comprendre, conclut-elle d'un ton fataliste.

Puis, nous changeâmes de sujet. J'en savais assez et d'ailleurs, je trouvais indécent de pousser plus loin mes investigations concernant Leblanc. Non, je me sentais bien en sa compagnie. Je souhaitais prolonger ces instants et de fil en aiguille, je restais jusqu'à l'apéritif. Elle m'aurait bien gardé à déjeuner mais sa fille partageait son repas avec elle, ce midi-là. Toutefois, cela m'aurait amusé de voir si la maman avait engendré une aussi belle personne qu'elle.

- Passe me voir prochainement, dit-elle ou donne-moi un coup de fil, quand cela te dira de reprendre notre conversation. On reparlera du bon temps.

- Okay, je te remercie de ton accueil. A bientôt.

Cela me faisait plaisir de renouer avec mon adolescence même si, évidemment, le visage familier de Catherine avait beaucoup changé. Mais la vie ne lui avait pas fait de cadeau. Du moins, avec cet accident. Avant, c'était une fille superbe et elle avait dû connaître le bonheur avec un homme qui l'aimait avant de batifoler avec la bonne. Quel con !

Je pensais à tout ça en arrivant dans mon quartier que j'espérais retrouver calme et paisible. Mais non, toute une équipe de gars habillés en combinaison avait repris possession des lieux. Ce coup-là, pas de police scientifique mais un aréopage d'experts en histoire des constructions souterraines, enceintes et autres fortifications. Ma découverte de la veille, transmise à Delaporte et diffusée par ce dernier, avait sorti tous ces messieurs de leurs bureaux et de leurs vieux grimoires de bibliothèque. Ils étaient là à déambuler dans la zone interdite, explorant la conduite maçonnée qui s'enfonçait dans les entrailles de la butte. Oubliés les trépassés de l'impasse, place à la découverte des vestiges moyenâgeux.

Delaporte, qui avait accompagné son ami des Monuments Historiques, surveillait les opérations avec beaucoup d'intérêt. Je l'observais s'avancer au plus près des excavations que les chercheurs faisaient pour explorer le sous-sol et les contours des constructions.

- Ah, Le Gall, vous êtes là. Comment va votre épaule ? demanda-t-il avec un ton bienveillant.

- Ça va, elle m'a un peu empêché de dormir mais maintenant ça se calme.

- Tant que vous ne vous lancez pas dans des investigations hasardeuses... répliqua-t-il en riant.

Je souriais à sa remarque. Il paraissait de très bonne humeur.

- C'est passionnant ce qu'ils font en désignant les ouvriers très spéciaux qui retournaient la terre comme des lombrics au milieu d'une fumière. Vous avez eu le nez creux en venant vous trimbaler ici.

- Oh, vous savez, je n'y suis pas pour grand-chose. C'est surtout mon sauveur et ami, le magnolia qu'il faut remercier.

Il apprécia ma réflexion par un grand sourire, tout en gardant les yeux fixés sur la zone en plein examen. Il était fasciné par le chantier de fouilles. Il resta un bon quart d'heure sans dire un mot devant le ballet des gars qui creusaient, prélevaient, notaient et mettaient en sachet leurs découvertes : de pièces de monnaie aux fragments de bois, en passant par les déchets de tissus. Puis, il se redressa et recula de deux pas. Il soupira longuement, regrettant sans doute, de ne pouvoir rester devant le chantier et sortit son calepin. Il le consulta rapidement et se tourna vers moi.

- Dites-moi, Le Gall, vous auriez un moment. Vous n'avez pas déjeuné ? Non, et bien alors, cette fois-ci, c'est moi qui vous invite. On va chez votre pote Tonio ou chez Cédric ?

- Ah, Cédric, je ne l'ai pas vu depuis deux jours.

- Allons-y.

Mon pote cuistot fut content de me voir. Je lui présentais Delaporte mais c'est deux-là s'étaient déjà rencontré le jour de la découverte macabre pour l'enquête de voisinage.

- Alors, commissaire, votre affaire criminelle avance.

- Doucement, jeune homme, mais sûrement. Vous nous installez dans un coin tranquille ?

Cédric nous plaça au fond de la salle dans un recoin que j'aimais aussi bien fréquenter quand je venais seul.

Delaporte avait des éléments nouveaux concernant Leblanc mais avant il tenait à m'entendre sur ce que j'avais appris de mon côté. Je lui dis tout ce que je savais de la bouche de Catherine. Il prit quelques notes, notamment sur l'accident qui avait coûté la vie à Bruno Robert.

- Je ne crois pas trop à une affaire de sabotage, mais pourquoi pas ? Imaginons que Leblanc a décidé de punir le gros dégueulasse qui collait sa fille de trop près ; précisa-t-il avec une moue perplexe.

- Oui, moi aussi, je pense que le père, même adoptif, n'a pas dû apprécier les manigances du dentiste. De là, à lui faire la peau...

- Les dents, aurait suffi, rétorqua-t-il en souriant de sa boutade.

Notre plat du jour arriva à ce moment-là. La conversation fut suspendue pendant les premières bouchées du « feuilleté de Saint-Jacques et ses tagliatelles, sauce basilic » une merveille, spécialité de Cédric. Une gorgée de Riesling et Delaporte exposa ses découvertes.

L'armée avait fourni les états de service de l'officier. Des faits de guerre exceptionnels. Tout pour aller au plus haut. Mais tout se dérègle en Algérie. Le brillant capitaine connaît de graves soucis avec sa hiérarchie.

- A priori à propos de harkis, commenta Delaporte en relisant ses notes. Vous savez, ces éléments musulmans qui ont combattu avec les nôtres.

- Oui, je sais. Ça été une horreur, abandonner ces pauvres gens à leur sort terrible. Une honte dont l'état français de l'époque ne pourra jamais effacer.

- Je suis d'accord avec vous. Mais c'est encore une chose dont on ne parle pas facilement aujourd'hui. Et l'armée ne s'étend pas outre mesure sur le sujet.

- Et qu'en pensez-vous, demandai-je ?

- Mon avis est que Leblanc a désobéi aux ordres et s'est efforcé de sauver des vies de gens fidèles à notre nation. Ce qui expliquerait son adoption de la gamine, sans doute, issue d'une famille harki.

- C'est bien possible, commissaire.

Il se tut un moment, regarda son assiette vide et prit une respiration pour enfin dire ceci :

- Le Gall, trouvez-moi cette gamine qui doit être maintenant une femme et essayez d'en savoir plus sur cette affaire. Je pourrais toujours mettre sur le coup Zoldan mais je crains sa brusquerie. Il terrorisera la personne. Vous n'aurez pas de mal à faire mieux... Je ne peux pas me libérer pour ça. Cette histoire est d'une grande complexité. Trois victimes espacées sur une période d'un siècle au moins. Je vous passe les détails. J'ai demandé du renfort mais cela ne se fera pas avant la semaine prochaine. Donc faites-vous connaître et apprécier de la fille de Leblanc. Parlez de la maison de l'impasse ou de ce que vous voulez et il en sortira bien quelque chose.

- Avec ma tronche, je ne ferai pas tellement mieux que votre adjoint, répliquai-je, étonné de la demande.

- Vous croyez que la mienne serait plus efficace...

Que répondre à ça ? J'acceptais et cela d'ailleurs me réjouissait. Enfin, de l'occupation qui me sortait de mon trou et de l'ennui qui menaçait de m'engluer à nouveau.

- Toujours, rien d'officiel, Le Gall. Ce que vous trouverez restera entre nous. Le divisionnaire n'apprécierait pas que je m'appuie sur des civils.

- D'accord, commissaire, assurai-je en remplissant son verre.

- Et vous savez quoi ? Je vous aime bien et je crois que je vous plaisir en vous confiant cette « petite » mission. Car quelque chose me dit que votre agence qui vivote ne vous offre plus beaucoup de sensation...

Il avait bougrement raison ce Delaporte.

Une demi-heure plus tard, il retournait à son bureau et moi au mien. Je me pressais d'annuler mon rendez-vous chez mon client de Saint-Michel (ça tombait bien, ce dernier était retenu à Morlaix et était sur le point de reporter au lendemain) et je me mis sur les traces de Djedjica Bonitiovani, patronyme beaucoup plus fiable que Brigitte Leblanc où les homonymes devaient abonder dans les fichiers.

En trois clics, je retrouvai ma cavalière. Mariée sans doute en 2006, l'année de la mort de Leblanc et sous son nouveau nom, de bonnes performances en Bretagne. Et chance incroyable, licenciée d'un club à Guingamp. Donc, tout près. Je n'avais pas l'habitude de m'aventurer vers l'ouest qui pour moi restait une « terra inconita » ou presque mais tout de même, aller à vingt kilomètres de Saint-Brieuc était dans mes cordes. Il fallait simplement que je m'organise pour y aller en train et me trouver un taxi à la gare. Faisable même avec un bras en écharpe. Et quel prétexte pour rencontrer la mystérieuse jeune femme ?

Je cherchai un moment et puis je trouvai. Le club où elle montait possédait une petite pur-sang réformée de courses et qui avait élevée par un ami. J'irai prendre de ses nouvelles ; de la jument pas de mon ami...

Il était quatorze heures. J'avais toute une demi-journée devant moi. Il fallait que je la valorise au mieux pour faire avancer l'enquête. La mission confiée par Delaporte me motivait au-delà du raisonnable mais tant pis. Depuis la macabre découverte, mon existence en était toute chamboulée et peu importait les conséquences de ma collaboration avec la police.

Un quart d'heure bien fâché pour monter à la gare, sauter dans le premier train et je pouvais être au club dans le milieu de l'après-midi. Je fermai mon agence, saluai Cédric qui fumait sa clope devant son resto et me mit en route. Je pris la rue Pohel pour passer devant l'amusante préfecture, architecture moderne et originale (pour contrer sans doute l'austérité de notre cathédrale qui lui faisait face) et je m'engageai dans la rue Saint-Pierre, petite rue toute à fait moyenâgeuse et virai à gauche pour celle non moins originale et joliment pavée du Bourg-Vasé.

Ensuite, après le rond-pont de l'évêché, je montai vers la gare par la rue Métairie, passai devant le lycée Saint-Charles et poursuivis par la rue Gourien. Et au débouché de cette voie, le boulevard de la Gare plus exactement boulevard Charner (un militaire encore, celui-là, puisqu'il était amiral sous Napoléon III et homme politique aussi à la fin de sa vie. Né et enterré à Saint-Brieuc, comme il se devait).

A la gare, peu de monde. Les inévitables clodos, avec chiens et bouteilles, des jeunes mais pas Simon. Trop loin de ses bases. Quelques badauds à lever la tête vers le panneau lumineux. Un TGV arrivait dans vingt minutes et desservait Guingamp.

Cinq minutes après, j'avais mon billet en main. Voiture 20, place 52. Pas de retard. A 14 h 48, j'étais à destination. Il n'y avait pas un chat. Une pluie toute bretonne, à la fois légère et régulière décourageait les plus endurcis. Cependant, la chance continuait à me sourire ; devant les bâtiments rénovés tout en longueur, un taxi attendait les rares clients. Le type lisait son journal dans sa voiture.

- Au centre équestre du lycée agricole, ordonnai-je au chauffeur en prenant place à l'arrière du véhicule.

- Très bien, monsieur, c'est parti, répondit le gars en envoyant son canard sur le siège passager.

Il était bavard et je ne pus échapper à ses nombreuses questions.

- Vous vous êtes fait ça à cheval ?

- Non, tout seul ou presque, rétorquai-je peu enclin à donner des détails.

Mon interlocuteur n'avait que faire des mes réponses.

- Moi, j'ai monté un peu quand j'étais plus jeune. Puis, j'ai arrêté. Il n'y a que des gonzesses dans l'équitation. C'est pas que j'aime pas mais mes potes se foutaient de ma gueule. Alors, je m'inscris au foot. Moins de filles, mais c'était plus viril, vous voyez et on draguait tout pareil. Vous me direz, ma femme, je l'ai rencontré à la foire aux chevaux de Bulat-Pestivien... Vous connaissez ?

- Oui, euh, pardon ?

Je balbutiais, n'ayant pas compris son discours fatigant au possible, débité à toute allure, en avalant un syllabe sur deux. Pour autant, loin de se décourager, il reprit son monologue jusqu'au centre équestre, sans me laisser un seul moment de calme pour réfléchir à ma manière de m'y prendre avec ma mystérieuse cavalière.

- Voilà, vous y êtes et cela vous fera treize euros.

Je sortais mon argent et je m'extirpais non sans mal de ma banquette. Avec mon seul bras gauche, ce n'était pas simple. De plus, la portière était lourde et il ne venait pas à l'esprit du chauffeur de me donner un coup de main. A sa décharge, la pluie s'était densifiée et neutralisait les bonnes volontés. La sienne était de toute façon assez peu vivace...

Je m'avançais vers les écuries. Personne. Le club paraissait endormi. Normal, pour un lundi. Si ! Un cheval était attaché au milieu de l'allée centrale au bout de l'écurie couverte dans laquelle je m'étais introduit. Une cavalière mettait des bandes de repos sur les tendons de sa monture. Accroupie près des antérieurs de son animal, un grand alezan dégingandé, elle me vit m'approcher sans pour autant cesser son ouvrage.

- Bonjour, je suis à vous, tout de suite, dit-elle lorsque je fus à proximité de son cheval.

- Bonjour, répondis-je, y a rien qui presse.

Un dernier tour de flanelle et elle riva le scratch sur la bande. Elle se releva et je constatai alors qu'elle était immense. Un mètre quatre-vingt, au bas mot. Un nez fort, un peu crochu, des cheveux courts, bonds cendrés, les yeux très bleus d'une étonnante franchise, la quarantaine épanouie.

- Agathe Le Martinel, une des anciennes du club, déclara-t-elle en me donnant une prudente poignée de main.

Je tendais péniblement les doigts devant mon buste.

- Bastien le Gall, répondis-je un peu impressionné par la stature de la dame, qui par contre, et cela était rare, ne marqua aucun mouvement de répulsion à mon égard.

- Cavalier et clavicule cassée par une mauvaise chute ? demanda-t-elle avec un sourire complice, des plus agréables d'ailleurs.

- Non, j'ai raté un croisement avec un colosse, rétorquai-je. En faisant du footing.

Elle eut la gentillesse de rire de ma plaisanterie. En blouson gris, petit col de fourrure, pantalon blanc qui moulait ses longues jambes d'écuyère, la personne en imposait. Elle ne manquait pas pour autant de grâce et de féminité.

- Vous vouliez rencontrer le responsable, sans doute, poursuivit-elle, appuyée familièrement sur l'encolure de son alezan,

- Non pas spécialement, je suis à la recherche d'une certaine madame Bonitiovani.

- Ah, Djedjica, ou Brigitte, on l'appelle indifféremment par l'un ou l'autre prénom.

- Donc, elle est bien cavalière ici ?

- Oui, bien sûr mais elle a ses chevaux chez elle, à quoi ? Cinq kilomètres à tout casser. Elle vient souvent les travailler ici et profiter des conseils du moniteur. Dès qu'il y a un stage, elle s'y inscrit et monte en épreuves chaque fois qu'elle peut. D'ailleurs, elle va en concours avec nous, je veux dire tout le club, samedi et dimanche à Lamballe, au Haras. Elle n'a pas d'enfant et donc, tout le temps de se consacrer à son sport.

- Ah, très bien.

- Et sans être curieuse, pourquoi voulez-vous la voir ?

- Je suis agent immobilier et j'ai vendu à son père, une maison à Saint-Brieuc, dans les années 1990.

- Tiens, vous êtes dans l'immobilier, c'est bien ça, vous allez pouvoir me conseiller, je suis obligé de vendre ma maison. Je viens de divorcer et ce que j'habite est beaucoup trop grand pour moi et surtout trop cher. J'ai encore un emprunt dessus. Mon grand fils est étudiant à Rennes. Il ne revient pas souvent à Guingamp.

J'avais toutes les raisons de me montrer satisfait de l'accueil. Cependant, ma mission n'avançait pas. Si ce n'était la confirmation que Djedjica habitait tout prêt et qu'il n'y avait plus que quelques kilomètres qui nous séparaient. Fallait-il que je profite de ma grande amazone pour m'y faire déposer ? Je tentai ma chance.

- Voilà comment nous pourrions nous entendre, commençai-je avec prudence. Comme je suis venu en taxi. Je ne conduis pas à cause de mon bras. Vous me montrez votre maison et je vous dis ce que j'en pense. Ensuite vous me déposez chez madame Bonitiovani.

La dame resta silencieuse, puis dénoua la longe de son cheval pour le remettre au box.

- Oui, ça me paraît bien sauf que comme pour aller chez moi, on passe devant chez Brigitte. Vous me direz (ça, c'était son expression favorite), je n'y suis jamais entrée mais je l'y dépose de temps en temps quand elle laisse son cheval aux écuries.

Un quart d'heure plus tard, dans sa belle voiture allemande, je regardais défiler le passage du pays de Guingamp. La pluie ne cessait pas mais ne gâchait en rien le charme du bocage de ce coin de Bretagne. J'étais plutôt plage mais j'aimais bien aussi l'intérieur du pays. Le Trégor avait la réputation d'être un coin paisible.

- Vous connaissez un peu par chez nous, demanda Agathe pour meubler la conversation ?

arrêta sa voiture face à la tour.

- Vous aimez ? dit-elle avec un sourire confiant.

- Ah oui, beaucoup. C'est un véritable petit bijou, votre logis.

- En effet, on y a mis une véritable fortune en rénovations mais cela en valait la peine. J'ai hérité du manoir à la mort de mes parents. Il était en très mauvais état. C'est un crève-coeur de devoir m'en séparer mais c'est de la folie de le garder pour moi seule. J'ai contracté un emprunt, il y a cinq ans pour refaire les toitures mais maintenant, du fait du divorce, j'ai du mal à le rembourser. Mon ex-mari est patron d'un gros abattoir de volailles à Morlaix. J'étais sa secrétaire mais il ne m'a versé aucun salaire pendant quinze ans de mariage. Et comme, en plus, il a perdu le divorce, il me trompait avec...Je vous passe les détails, il a dû me laisser sa part du domaine.

- Je comprends, dis-je, stupéfait par la qualité du bien.

- On fait la visite complète, demanda Agathe en sortant de la poche de son blouson un volumineux trousseau de clés.

Nous commençâmes par la salle principale. Magnifique. Puis les étages. Splendides. Je n'en revenais pas de découvrir de si belles choses. J'en oubliais totalement pourquoi j'étais là. Je posais une foule de questions à la maîtresse des lieux qui trouvait beaucoup de plaisir à me conter les mille et une anecdotes liées à ces vielles pierres. Tant et si bien que nous redescendîmes à la grande cuisine du manoir qu'à la nuit tombée.

- C'est vraiment somptueux, chez vous, commençai-je mais je ne saurais vous être d'un quelconque conseil pour la vente de ce bien. Ce n'est pas du tout ce que j'ai l'habitude de négocier. Il faudrait plutôt voir avec une agence spécialisée dans les domaines. Par contre, je peux vous donner quelques adresses.

- Ah ben, oui, c'est gentil, répliqua Agathe en m'invitant à m'asseoir à la table de la cuisine.

Elle retira son blouson qui lui allait à ravir. Elle était pas mal du tout sans... Son buste était des plus agréables à contempler.

- On se fait un petit apéro, dit-elle, vous avez le temps ?

- Ça oui, je suis célibataire et personne ne m'attend à Saint-Brieuc, répliquai-je, pensant bien tendre une perche à mon interlocutrice qui visiblement, n'attendait que cela.

- Alors, si rien ne presse, je vous garde même à dîner, conclut-elle en posant deux verres sur la table.

Ce fut une soirée et une nuit merveilleuse. Car, après notre repas et quelques verres de Bordeaux, l'idée de se séparer nous sembla indécente. Et comme je n'étais qu'à quelques kilomètres de mon rendez-vous du lendemain, aucun intérêt de rentrer chez moi. Nous étions donc sur la même longueur d'onde. Libre l'un et l'autre, nous n'avions que faire de certaines convenances. Seul mon bras droit m'empêcha de la serrer aussi fort que je l'aurais souhaité.

Le lendemain, Agathe devait se rendre à un entretien au Pôle-Emploi de Guingamp.

- Je te laisse devant le portail de Djedjica et on se retrouve au manoir. Ça ne te fait pas peur de marcher, quoi trois kilomètres en comptant large. Tu me diras (toujours cette expression mais on était passé au tutoiement...), c'est vite fait et il fera presque beau, déclara-t-elle en regardant le coin de ciel bleu à travers les vitres.

J'étais sur un nuage et avais perdu l'essentiel de ma motivation pour ma mission. Comment avais-je pu plaire à cette femme ? Agathe m'avait certifié qu'elle-même faisait peur à beaucoup d'hommes avec sa taille et que c'était rare de rencontrer quelqu'un qui ne s'offusquait pas de son mètre quatre-vingt. Et que l'important à ses yeux n'était pas l'apparence mais la noblesse des sentiments... Mais de ça, je n'en étais pas convaincu... Trouver chez moi de telles valeurs, j'en doutais.

Je pensais à tout cela dans la voiture qui m'amenait chez la fille de Leblanc. Agathe me déposa devant le portillon en mimant, à travers la vitre de sa portière, la pantomime du gars qui donnait un coup de fil. En cas de besoin, je devais l'appeler. Je lui fis signe que j'avais compris et me présentais devant la propriété de Monsieur et Madame Bonitiovani. J'enfonçais le bouton de l'interphone qui faisait aussi office de caméra de surveillance. Pour tout dire, j'appréciais assez peu ce flicage intempestif.

- Oui, c'est pourquoi ? demanda une voix d'homme.

- Bastien Le Gall pour Madame Bonitiovani, elle m'attend, précisai-je en consultant ma montre.

- Mais elle n'est pas là, rétorqua la voix avec un ton cassant.

- Comment ça, elle m'a dit hier après-midi à 10 h aujourd'hui ? Un rapide coup d'oeil au cadran de ma montre l'attestait.

Un silence se fit. Je m'apprêtais à renoncer quand un râle désagréable venant du portillon m'annonçait qu'on me laissait entrer. Je soupirais. Il faisait certes beau mais frais et poireauter devant cette maison m'énervait. J'avais froid et peu de patience. Je poussais le pan métallique et je m'avançais vers la porte d'entrée. Un chemin de dalles bordé d'hortensias racornis par le gel et la dernière neige me montrait l'itinéraire.

Arrivé au perron, je fis jouer le lourd battant qui servait de sonnerie. On m'ouvrit. Un grand type, très brun, les cheveux courts bouclés noirs et légèrement grisonnants sur les tempes me salua d'un bref signe de tête. Il referma derrière moi en prenant la précaution de savoir si j'étais venu seul. Le vestibule était noir et blanc, autant au sol que sur les murs avec une touche de bleu sur les plaintes et les encadrements de porte. C'était assez agréable. Je souris et tendis la main gauche (avec un air désolé pour cette familiarité) afin de me présenter au type puis subitement, un coup et le trou noir.

Je me réveillai à la tombée de la nuit dans un profond fossé où ruisselait une eau poisseuse. Où étais-je ? Un mal de crâne épouvantable me tambourinait aux tempes. Je grelottai tellement fort que mes muscles inter-costaux me lançaient des douleurs à m'étouffer. On m'avait pris ma parka, mon téléphone, mon portefeuille. Couché dans cette rigole nauséabonde, je pris conscience de mon état, étapes par étapes. J'avais froid, j'avais mal, mon bras droit était tout engourdi mais mes jambes fonctionnaient. Je fis une première tentative pour me redresser mais mes appuis sur la glaise du fossé furent incertains et je m'affalai de tout mon long. Plus énervé que découragé, je me relevai et à grands coup de pied, je réalisai une sorte d'escalier pour me sortir de l'ornière. Et cela marcha. Je m'extirpai du fond du trou en saisissant de la main gauche les herbes qui s'accrochaient aux pentes du fossé.

Voilà, j'étais à genoux. Puis bientôt debout sur le goudron d'une petite route de campagne. Quelle tête affreuse pouvais-je bien avoir ? Déjà que d'habitude, ce n'était pas le nirvana mais alors là ! Avec de la boue collée à mes cheveux, du sang sans doute aussi, vers l'arrière du crâne où trônait une belle bosse, mes affaires trempées et puantes et... mon bras plus du tout en écharpe (on m'avait même retiré mon attelle...), j'aurais découragé le plus valeureux des samaritains. En conséquence, je voyais mal le premier véhicule venu, s'arrêter pour me proposer de me déposer quelque part.

Pour cela, en premier lieu, il aurait fallu qu'il en passât des véhicules ! Sur ma voie vicinale, de trois mètres de large, que pouvait-il circuler ? Des tracteurs, de jour... Je devais choisir une direction. Gauche ou droite ? Je pris à gauche. Il me semblait apercevoir vers cette direction, de vagues lueurs dans la brume du soir. J'étais à la fois furieux, vexé et excédé par cette affaire. L'agréable partie de campagne à Guingamp se terminait en eau de boudin, en eau de boue, tout simplement. J'en arrivais à trouver mes jeux de mots pitoyables. Au moins, je retrouvai toute ma lucidité.

Ma route déboucha sur une départementale. Pour autant, aucune direction annoncée. Je pris à gauche, toujours en direction des lueurs qui apparaissaient régulièrement, à l'horizon, entre deux paquets de brouillards. Je continuai à trembler de tous mes os, y compris et surtout celui endommagé par ma sortie nocturne de la venelle aux chiens. Pour contrer ces secousses de toute ma carcasse, j'essayais de chantonner. Tout y passait : « Tri Martholod, La bonne du Curé, Ma Bohème... ». J'étais dans une sorte de délire.

Puis d'un seul coup, une voiture déboucha d'un virage à cent mètres de moi. Elle sortait d'une petite combe et arrivait à grande vitesse. Elle pila pour éviter la collision. Aveuglé par les phares, je ne bougeais plus et m'attendais à vivre ma dernière heure. Mais rien. Si ce n'était une bordée d'injures.

- Bon sang de Bon Dieu de Bon Dieu, s'écria un type qui s'extirpait de fourgonnette. Qu'est-ce que fout ce con sur ma route ?

Puis, rapidement, le conducteur se rendit compte que je n'étais pas au mieux de ma forme.

- Ça va, mon gars, ça va ?

- Bof, répondis-je en posant ma main gauche sur le capot de la bagnole.

- Oui, t'as l'air d'avoir une cuite sévère ou alors tu t'es

amusé à arrêter un train... Tu verrais ta tronche.

Sincèrement, à ce moment-là, je ne le souhaitais pas.

- Attends, je vais t'aider.

Et il me fit monter à la place passager. Dès que je fus installé, avec la chaleur de l'habitacle et l'odeur de tabac qui empestait, je vomis longuement la portière grande ouverte. Mon chauffeur commenta la scène en disant que c'était préférable de le faire sur le goudron que sur le plancher de sa fourgonnette. Puis, il m'aida à m'attacher, ferma sa porte et redémarra. Abruti par le changement subit de température et le brimbalement de la route, je m'endormis ou je perdis connaissance. En tout cas, je n'étais plus par la conscience, avec mon sauveur.

Ce fut aux urgences que je repris tout à fait mes esprits. Un peu fiévreux, bien nauséeux mais enfin lucide. Le petit jour pointait dans la chambre que j'occupais. Un autre camarade d'infortune ronflait sur un lit à côté du mien. Où étais-je ? Mon voisin ne pouvait m'aider. La décoration de la piaule, non plus. Un tableau représentant une plage, qui aurait pu être n'importe laquelle sur le littoral français. Une photo où un cheval galopait dans une prairie envahie de renoncules. Bonne idée, ce cheval. Cela me ramena immédiatement à Agathe. Mon Dieu, que pouvait-elle s'imaginer à cette heure-là ? Que j'étais un jouisseur dégueulasse, qui avait profité de son accueil pour s'envoyer en l'air à peu de frais ? Il fallait que je l'appelle.

Mais pour l'heure personne pour m'aider.

Je dus patienter une heure pour qu'enfin une infirmière passe nous voir avec le petit-déjeuner.

- Ah, vous êtes réveillé, commença-t-elle. C'est bien. Le médecin vous examinera vers dix heures. Pour le moment, vous allez essayer de manger un peu et de m'expliquer ce qui vous est arrivé. D'abord, est-ce que vous vous souvenez de votre nom ?

- Évidemment, Bastien Le Gall, agent immobilier à Saint-Brieuc.

- Eh ben dites-moi, vous êtes loin de vos bases, répliqua l'infirmière.

- Pourquoi, où sommes-nous, m'écriai-je, inquiet.

- Lannion. Hôpital de Lannion.

- Oh merde...

- Je vous en prie. On est bien ici, s'exclama la bonne femme.

J'étais effondré. Mais en assez bon état, pour un type qui avait été assommé par un « objet contondant ». J'avais pris effectivement un bon coup sur le crâne mais les premiers examens n'avaient rien révélé de gravissime.

- Vous avez de la famille à prévenir ? poursuivit la professionnelle de santé, une grosse dame aux bonnes joues rouges. Et quelqu'un qui pourrait vous identifier ?

Deux noms vinrent à mes lèvres.

- Agathe Lemartinel au manoir de Ker-Justin à Guingamp et le commissaire Delaporte à l'Hôtel de Police de Saint-Brieuc, répondis-je sans sourciller.

- Rien que ça, rétorqua l'infirmière en notant les noms sur un calepin. On va prendre contact avec eux mais dites-moi qui pourra vous prendre en charge. La dame ou le monsieur ?

- La dame, je préfère, si c'est possible, précisai-je.

- Ben voyons, conclut la grosse dame en s'approchant de mon voisin qui émergeait.

Le chocolat était chaud, la biscotte un peu sèche et le beurre plutôt fade mais j'avalais le tout. Les événements qui m'avaient conduit là confirmaient la bonne piste. La gamine de Leblanc cherchait à échapper aux investigations la concernant. Je devais en informer Delaporte au plus tôt. Quant à Agathe, je m'imaginais mille choses à son sujet. Qu'elle pensait que j'étais le dernier des salauds, à tous les coups ! Il fallait qu'elle vienne ici pour que je lui prouve ma bonne foi.

Une demi-heure de retard pour le toubib. C'était, paraissait-il, dans ses habitudes. Il se présenta au pied de mon lit avec une très jolie assistance, jeune dans le métier, sans doute car elle ne parvint pas à masquer son effarement devant ma tronche. Elle se cachait derrière son patron pour se soustraire à ma vue.

- Une agression, monsieur ? Une sortie de discothèque houleuse, peut-être, insinua-t-il en me regardant.

- Non, je me souviens être entré dans une maison des plus accueillante et plus rien, répondis-je un peu scandalisé par les sous-entendus.

- Oui, c'est cela et on a retrouvé collé sur votre tee-shirt dans le dos, un mot. Vous vous souvenez vraiment pas de ce détail, poursuivit-il en examinant ma plaie du crâne.

- Non...Mais qu'il y avait-il sur ce mot ?

- « Pas bien d'être curieux ! » Belle syntaxe, n'est-ce pas ?

Que me fallait-il de plus pour être certain que Djedjica trempait dans une affaire sordide ?

- Et ce mot, où est-il ? demandai-je.

- Sous bonne garde, dirons-nous et à mettre à votre dossier, si vous portez plainte. On m'a dit qu'à ce propos, vous aviez un commissaire dans vos relations. Ça devrait vous être utile. Mais pour le moment, reposez-vous, je vous garde jusqu'à ce soir, au moins.

A midi, avant le plateau-repas, Agathe téléphona.

- J'ai cru que tu m'avais lâchée. J'étais vraiment déçue. Enfin, tu es à l'hôpital. Je préfère... enfin, non, c'est pas ce que je voulais dire...

- Non, je t'ai compris. Ne te fais pas de bile... mais si tu as cinq minutes, passe me voir. Ça me fera plaisir.

Elle vint à quinze heures. Sculpturale dans un pantalon fuseau et une veste cintrée bleu ciel. Magnifique et moi, bien cabossé, geignant au fond de mon lit. Je pestais contre le toubib qui voulait me garder encore une nuit. Je n'allais continuer à me morfondre dans cette piaule où mon voisin m'avait quitté dès le début de l'après-midi.

- Bon, si tu ne supportes plus de rester là, signe une décharge et voilà, tu rentres avec moi, proposa Agathe.

- D'accord, on fait comme ça, répliquai-je en appelant l'infirmière.

Celle-ci arriva mais pas seule. Delaporte la suivait. Il avait pu se libérer.

- Alors, mon vieux, vous continuez à faire des folies de votre corps. Prenez garde, vous n'êtes plus un jeune homme, s'exclama-t-il en riant.

- Je me serais bien passé de cette péripétie, dis-je.

Puis, comme le policier se tournait vers Agathe.

- Monsieur le commissaire, permettez-moi de vous présenter madame Lemartinel, qui est venue à mon secours, mais pas seulement, précisai-je.

- Ah, enchanté, madame, dit Delaporte en serrant les doigts de mon amie.

- Elle m'a permis de retrouver la trace de la fille de Leblanc, enfin, la trace, c'est surtout mon crâne qui l'a reçue.

Un quart d'heure plus tard, notre trio quittait l'hôpital. Direction, Guingamp. Delaporte nous suivait dans sa voiture de fonction. Nous arrivâmes devant la maison des Bonitiovani aux alentours de dix-sept heures. Pas de lumière, personne à répondre à l'interphone. On pouvait s'en douter. Agathe eut alors l'idée de contourner l'enceinte de la maison pour aller vers les écuries situées à un angle du mur. Sa grande taille lui permettait de voir par-dessus l'enceinte que le camion de Djedjica n'était plus là. Les chevaux non plus.

- Elle possède deux hongres. Un pur-sang bai, pas très grand et une jument alezan, un peu dans le genre du mien. Je les reconnaîtrais facilement mais c'est sûr qu'il n'y a plus personne.

- Bon, déclara Delaporte. Je vais mettre la maison sous surveillance et demander une perquisition pour demain matin. J'ai peur que ce soir, ce soit un peu compliqué.

Il saisit son portable et donna un bref coup de fil.

- Voilà, il n'y a plus qu'à attendre l'arrivée des gars, dit-il en revenant vers nous.

Je grelottais dans mon blouson, un vieux truc qui venait de l'ex-mari d'Agathe. La fièvre me reprenait. Delaporte en prit conscience.

- Le Gall, vous allez rentrer avec votre amie. Moi, je vais rester ; c'est mon job. Juste une question auparavant pour madame. Vous la connaissez depuis longtemps, Djedjica ?

Et il nota toute une série de réponses sur son calepin pendant que je me traînais jusqu'à la voiture d'Agathe. J'ouvris la porte et m'installai. J'étais bien. Je m'endormis dans la minute.

Ce fut le crissement de la voiture sur les graviers de l'allée du manoir qui me réveilla. La nuit était tombée. Je mis un certain temps à reconnaître l'endroit. Puis, je me tournai vers la conductrice. Son profil se découpait dans la faible lueur de l'habitacle. Je la trouvais belle malgré son nez un peu fort mais qui témoignait d'une personnalité affirmée. C'était le genre de femme que j'appréciais. Elle se tourna alors vers moi.

- Alors, comment te sens-tu ? Tu me sembles un peu fiévreux quand même.

Elle m'avait mis son blouson sur moi et me tenait la main gauche.

- Agathe, je suis très bien avec moi, dis-je en regardant les belles façades du manoir qui apparaissaient dans les phares.

Elle gara sa voiture devant la porte d'entrée située à la jointure de la tour et des ailes du bâtiment. Elle sortit du véhicule et me rejoignit à la portière. Son aide me fut précieuse. Mes jambes flageolaient comme celles d'un vieillard. Elle me soutint jusqu'à la cuisine où elle me plaça sur une chaise après avoir allumé la pièce.

- Voilà, je vais te préparer un petit dîner et après pas de galipettes, direct dodo. Et demain, on ira à Saint-Brieuc, déclara-t-elle.

Nous suivîmes ce programme sauf qu'au milieu de la nuit, un subit regain de forme de ma part autant que de la sienne, nous offrit un intermède des plus voluptueux. Etait-ce la fièvre amoureuse ? Sans doute et je souhaitais en être gravement atteint.

Le lendemain, nous étions à la préfecture des Côtes-d'Armor. Jour de marché et ce fut très compliqué de se garer. Nous dûmes utiliser un parking loin du centre-ville. Mais ce fut très agréable de marcher dans les rues envahies par une foule de badauds qui déambulaient entre les étals des marchands de légumes, de fruits, de poissons et de cochonnailles. Le temps, frais et vivifiant, tournait au beau. Enfin, jusqu'à la prochaine averse.

Au bras de ma blonde, une bonne tête de plus que moi, je n'étais pas peu fier et j'appréciais de découvrir sur les mines de certains, un étonnement flagrant. Comment un affreux comme moi pouvait se trimbaler en compagnie d'une femme pareille ? Je décelais le scandale dans les yeux de mes semblables.

- Bonjour Cédric, comment vas-tu ?

Le cuistot fumait sa cigarette au seuil de son restaurant. Il faillit se brûler en me découvrant aux côtés d'Agathe.

- Très bien, bafouilla-t-il en écrasant son mégot. Et toi, deux jours partis. Je commençais à m'inquiéter.

- Mais non, tu vois. Je suis en bonne compagnie. Je te présente Agathe.

Le gars eut la même mimique embarrassée que moi, à la découverte de la taille de mon amie. Cette dernière me lança alors un regard complice. Je l'adorais. Par contre, je me faisais du souci pour elle à l'imaginer dans mon appartement où les plafonds sont plutôt bas.

- Tu feras gaffe, c'est un peu étroit chez moi. Rien à voir avec tes beaux volumes... Je parle du manoir, évidemment.

Elle rit de ma boutade.

Mon logement était sombre, froid, et peu accueillant. Je commençai par ouvrir mes volets, monter le chauffage et ranger ma cuisine. Il traînait sur le plan de travail des tasses sales et des quignons de pain bien durs.

- Garde-les pour mon cheval, déclara Agathe qui posait sur les pièces un regard amusé. C'est rigolo, chez toi. Les gens du moyen-âge n'avaient rien prévu pour les grandes gigues comme moi.

- Et non, mais pour moi, ça va, répliquai-je avec un air moqueur.

Comme nous avions fait quelques courses en traversant le marché, Agathe se mit aux fourneaux. Entrecôte et pommes de terre sautées. Il y avait très longtemps que ma cuisine n'avait pas eu l'honneur d'un tel menu. Et ma table n'en revenait pas d'accueillir deux couverts. Même quand Marilou restait avec moi, nous mangions sur le pouce ou en bas, chez Cédric.

Le repas fut assez joyeux. J'étais vraiment bien. Mon crâne ne me faisait plus trop souffrir et mon bras qui avait retrouvé une attelle plus souple que la précédente se calmait également. Agathe avait l'air aussi d'apprécier d'être là. Nous envisagions de faire une longue promenade dans la ville après le rituel café.

Mais au moment où je mettais en route la cafetière, l'interphone sonna. C'était Delaporte qui voulait nous voir tous les deux. Il collectait les informations concernant Djedjica. Je le fis monter.

- Alors, le Gall, sorti d'affaire ? commença-t-il en entrant dans le couloir.

- Une visite de routine, demain, à l'hôpital et ce sera bon.

- Pour la tête ou pour le bras, répliqua-t-il.

- Les deux, mon général, répondis-je sur le même ton.

- Très bien.

Il prit place sans façon à la petite table et je lui servis un petit noir. Agathe et moi restâmes silencieux pendant qu'il relisait ses notes sur son calepin fétiche. Puis, il but une première gorgée de café, me félicita de l'avoir fait si bon et posa ses questions.

- Donc, vous Legall, vous avez vu un grand type aux cheveux noirs, un peu grisonnants, moustache ou pas ?

- Pas certain, mais pourquoi pas ?

- Un type méditerranéen, arabe ?

- Oui, ça, assurément ! Grand surtout, le gars.

- Plus grand que moi, intervint Agathe ?

Je pris le temps de réfléchir.

- Oui, certain.

- La cinquantaine, plus ?

- Non, dans ces prix-là.

- Et ses vêtements ?

- Noirs, près du corps.

Il notait tout cela d'une écriture énergique. Puis, il s'adressa à Agathe. Toujours à propos de mon agresseur ou supposé tel. Elle n'avait jamais vu ce gars-là. D'ailleurs, elle ne connaissait de la famille Bonitiovani que Djedjica. Jamais personne ne l'avait accompagné, ni au club, ni en concours. Delaporte paraissait embarrassé.

- Bon, Le Gall, vous allez toujours porter plainte. De façon, à ce que l'on se mobilise autour de cet individu. Sans rentrer dans le détail, la perquis de ce matin n'a rien donné. Pas de trace plus précise, bien sûr avant les résultats d'analyse d'empreintes et d'ADN sur les verres, salle de bains. On a l'impression que dans cette villa, ne vivait qu'un couple bien tranquille. Ni enfant, ni tierce personne. Et bien sûr, Bonitiovani est introuvable sur ses chantiers.

- Nous n'avons pas progressé, commentai-je en vidant ma tasse.

Agathe était peu intervenue jusqu'à maintenant. Elle prit la parole pour nous donner une idée excellente.

- On ne fait pas disparaître des chevaux et un camion, comme cela. Djedjica a dû demander asile quelque part pour elle et ses animaux. Elle devait aller avec nous en concours à Lamballe, ce dimanche, elle n'y sera sûrement pas, mais ailleurs pourquoi pas ?

- Oui, il y a sans doute à creuser par là, déclara Delaporte. Comme vous me semblez compétente dans ce domaine, je vous confie, comme à notre hôte, la mission tout officieuse de chercher où peut s'être réfugiée la gamine de Leblanc.

- Parfait, commissaire, vous pouvez compter sur nous, répliquai avec enthousiasme.

- Très bien, je vois que vous n'accusez pas le coup, malgré l'avertissement on ne peut plus clair de votre agresseur, poursuivit le policier.

- Que voulez-vous dire ? S'inquiéta Agathe.

J'avais omis certains détails à mon ami. Je lui expliquai qu'effectivement, on n'avait collé une sorte de sparadrap sur mon tee-shirt avec l'inscription menaçante. La moue un peu perplexe de mon amie ne me mit pas en joie.

- Et tu n'as pas peur, rétorqua-t-elle d'un ton agacé ?

- Si j'y pense pas, non. Je verrais dans mes cauchemars, la nuit prochaine, répondis-je d'une façon fataliste.

- Restez à la lumière, ne traînez pas dans les coins sombres et menez une vie normale et tout se passera bien, assura Delaporte en se levant.

Il se dirigea vers le couloir en remettant dans sa poche son calepin. Puis, à la manière de Colombo, se retourna en levant le doigt.

- Vous savez quoi ? On en sait un peu plus sur le trépassé du dessus, je veux dire celui qui était le plus haut dans la fosse. Il serait là depuis les années 1998 ou 2002. On tente de resserrer la fourchette mais ce n'est pas simple. Zoldan consulte les archives de l'époque pour retrouver une annonce à propos d'une disparition inquiétante mais, pour l'instant, rien. La seule chose que l'on ait retrouvée sur un bout de tissu qui lui collait encore sur les os, le pauvre, c'est un pin's.

- Un pin's ? C'est quoi ? demanda Agathe.

- Tu sais, une épinglette, comme disent les Québécois. Une sorte de broche ronde ou ovale qui s'accrochait sur le revers d'une veste. Mais si ça a fait fureur dans les années 1985, 1992, c'est oublié depuis longtemps.

Mon explication parut la satisfaire.

- Et qu'est-ce que cela représente ? demandai-je, connaissant un peu la question.

- Un village de France, Charroux dans la Vienne, dit le commissaire en empoignant la poignée de ma porte. Et rachetez-vous un téléphone, précisa-t-il que je puisse vous joindre. Dès que vous l'avez, vous me passez un coup de fil, okay, Le Gall et prenez soin de vous.

- A bientôt, commissaire. De toute façon, je passerai à vos bureaux pour porter plainte.

- Ah, au fait, j'oubliais. Je suppose que votre agresseur de la venelle n'a rien à voir avec celui de Guingamp.

Pour tout dire, je ne m'étais pas posé la question. Même taille. Mais non, pas du tout la même corpulence. Le premier était massif, du moins, je le voyais comme tel alors que le second était plus élancé.

- Oui, de toute façon, le premier est un détrousseur de cadavres, si vous me permettez l'expression alors que l'autre vous aurait bien transformé en chair froide, ce n'est pas pareil, conclut Delaporte en descendant l'escalier.

Quand il fut parti, Agathe me dit qu'elle avait un peu de mal à apprécier l'humour noir du bonhomme. C'était vrai que la situation se compliquait et que je devais faire gaffe à ne pas me mettre dans ses situations pour le moins périlleuses.

L'après-midi fut consacré aux emplettes et à la découverte du patrimoine architectural de la ville. Agathe connaissait un peu Saint-Brieuc mais ne s'y était jamais attardée. Elle eut la courtoisie d'apprécier nos marches dans les rues pavées et commerçantes. Nous retournâmes à mon cher quartier à la nuit tombante. Il était temps si je voulais respecter les recommandations de Delaporte.

Allions-nous rester là pour la nuit ? Je m'interrogeais. Agathe semblait plus encline à retourner à son manoir et je n'insistai pas. Je m'apprêtais donc à la voir repartir et à retrouver mon état de célibataire. De toute façon, j'avais du boulot pour le lendemain matin. Mon client de Saint-Michel m'avait relancé.

- Non, annule tout, tu rentres avec moi, déclara d'un seul coup mon amie en voyant ma tête. Imagine que tu te sentes mal et avec ton bras en carafe. Tu me diras, tu m'es pas bien utile au manoir mais tu me feras la conversation, c'est déjà ça.

Heureux comme un gosse, je fermai mon agence et je suivis la grande blonde qui se dirigeait vers le parking des promenades. Pendant le trajet, je donnai mes coups de fil avec mon nouveau portable.

Comme nous devions passer à proximité de la villa de Djedjica, je demandai à Agathe de faire le crochet, histoire d'en avoir le coeur net. Il n'y avait personne, évidemment.

Les jours suivants s'écoulèrent ainsi. Entre Guingamp et Saint-Brieuc. Entre le bocage du Trégor et les grèves de la baie. Le beau temps revenu, nous profitâmes du soleil pour s'oxygéner par de longues marches sur le littoral. Mais aussi, au centre équestre où je regardais monter ma grande amazone. Et régulièrement, nous passions devant la ville Bonitiovani, espérant le retour improbable de la mystérieuse cavalière.

Le vendredi, nous étions sur la route pour Saint-Brieuc quand mon portable sonna. Je ne m'imaginais pas que cela puisse être Delaporte. Je n'avais plus de nouvelles de sa part depuis trois jours.

- Oui, Le Gall, vous rentrez chez vous ?

- Bonjour commissaire, oui, nous sommes en route, répondis-je.

- Euh, attendez-vous à une mauvaise surprise, poursuivit-il en se raclant la gorge...

- Allez-y, dites-moi, le palpitant soudain à plein régime.

- On a cambriolé votre agence, ce n'est pas beau à voir. Et chose étonnante,... non, arrivez, je vous expliquerai.

Effectivement, c'était un désastre. Mon beau rangement de dossier ne ressemblait plus à rien. On s'était acharné à détruire. Il y en avait partout et mon bureau avait été fracassé à la hache. Ma cafetière pulvérisée, évidemment mais aussi tous mes placards de cuisine.

J'étais catastrophé et Agathe aussi. Elle devait se demander si je n'étais pas un chat noir, ou plutôt le mauvais cheval qui abolit tous les espoirs de ses parieurs à la première haie. Pourtant, elle se montra prévenante et compatissante.

- Et bien voilà, je n'ai plus à me creuser la tête pour te garder à la maison, déclara-t-elle avec un sourire sincère.

Le commissaire était là, dépité, en compagnie du cynique Zoldan, attendant que je retrouve un peu d'aplomb. Un type en bleu de travail patientait à côté de lui, un trousseau de clés à la main.

- Bon, Le Gall, ça va aller ? commença-t-il

- La routine, commissaire, la routine, répliquai-je en tentant de faire de l'humour.

- Et bien voilà, c'est ce monsieur, un serrurier qui a ouvert votre agence.

Devant mon air incrédule, Delaporte soupira. En fait, c'était mon voisin du dessous qui avait appelé la police, car pour une fois, il ne travaillait pas. « Il avait sa nuit » comme il disait. Alors, quand à trois heures du matin, il a entendu le barouf au-dessus de son lit, il a appelé les poulets. Pas de chance, pour une fois qu'il ne bossait pas avec la volaille.

- Il est gentil, votre voisin. Toutefois, peut-être un peu lourd dans ses allusions...

Donc, il y avait cambriolage... sans effraction. Tout s'était passé à l'intérieur mais pas de fracture de porte ou de fenêtre et pas de passage par la cheminée, façon père Noël. Je ne possédais pas de cheminée.

- Vous avez une explication Le Gall car je me doute bien que vous n'êtes pas revenu au milieu de la nuit de... où vous voulez d'ailleurs, ce ne sont pas mes affaires.

- Aucune explication, commissaire, vraiment aucune, rétorquai-je énervé.

Delaporte aussi commençait à perdre patience. Il avait d'autres chats à fouetter que de s'occuper de mystérieux cambriolages.

- Un passe-muraille, je ne vois que ça, plaisanta Zoldan qui trouvait sa réplique amusante.

Son supérieur lui lança un regard noir puis, progressivement un sourire s'afficha sur ses lèvres. Il se leva de son siège (il était installé dans mon bureau face à ma table fracassée sur la seule chaise encore en état), et se dirigea vers ma pièce aux archives. Il commença à sonder les murs avec un couteau qu'il avait ramassé dans ma cuisine. Il tapotait sur les parois, l'oreille collée au mur.

Puis, il appela le serrurier pour lui emprunter quelque chose de plus lourd. Une pince multiprise. Et il recommença. On le regardait faire médusé. Comment pouvait-il imaginer une issue dans des murs d'enduit, lisses comme le crâne d'un chauve ? Il progressait sur les longueurs, évitant une étagère vidée de son contenu, et reprit plus loin. Sans succès.

- Bon sang, mais c'est bien sûr, m'exclamai-je d'un seul coup, en singeant un célèbre inspecteur vedette du petit écran. Derrière l'étagère ! Commissaire, derrière l'étagère.

- Serrurier, faites votre office. Dévissez-moi ça, ordonna le policier en désignant le meuble.

L'artisan poussa un long soupir. Il était réveillé depuis six heures du mat' et poireautait depuis deux plombes dans le sillage des policiers qui l'avaient convoqué. Mais comme la demande de Delaporte était sans concession, il posa sa boite à outils à ses pieds et en sortit une visseuse-dévisseuse impressionnante. Il y avait six grosses vis qui planquaient les étagères métalliques sur le mur. Je n'avais jamais remarqué ces fixations qui étaient l'oeuvre, sans doute, de mon père.

On n'entendait plus que le sifflement nerveux de l'outil. Toute l'assistance retenait son souffle. Quand il ne resta plus que les deux attaches supérieures, Zoldan, sur un geste autoritaire de son supérieur, vint épauler le serrurier et soutenir les étagères afin qu'elles ne s'effondrent pas sur mon parquet. Pauvre parquet, souillé par des dizaines de pas. « Tiens, au fait d'où venait cette poussière grise étonnante, pensais-je en regardant le sol » ?

J'eus la réponse bien vite. Zoldan empoignait le meuble et le posait au pied du mur. Un encadrement de porte de taille réduite apparaissait. L'huis était en bois et pivotait vers l'intérieur. Il se fermait par un astucieux système de clenche, installé dans l'épaisseur de la porte. On ne pouvait faire pivoter l'ensemble que venant de l'intérieur de la construction. Mais comme on avait retiré le meuble qui servait de cache, l'issue était maintenant accessible pour nous. Pour autant, nous étions figés, statufiés par l'étonnement. Personne ne pensait à ouvrir la porte.

Delaporte, longtemps coi devant la découverte fit une première remarque, évidente :

- Le Gall, vous aviez connaissance de ce passage ?

- Absolument pas, commissaire. J'en suis le premier surpris, rétorquai-je vexé de mon ignorance.

- Vous voulez me convaincre que vous viviez là, depuis toujours et que jamais, vous...

- Et bien oui, commissaire, je n'avais pas connaissance de ce...

J'étais maintenant furieux. Contre qui, contre quoi ? A la fois contre l'incrédulité du policier, contre mon ignorance, contre mes parents et mes ancêtres qui avaient gardé le secret. Et c'était énorme, invraisemblable, cette histoire de souterrain.

Zoldan intervint.

- Il a sans doute raison. Voyez comme c'était bien planqué. Du travail de pro. Fait pour rester discret pour des générations.

- N'empêche, intervint Delaporte, il y a des gonzes qui savaient...

Il poursuivit.

- Allez, on va pousser cette foutue porte. Et regardez ce qu'il y a derrière. Serrurier, avez-vous une torche,

- J'ai, répondit l'homme en dégainant une lampe de sa ceinture.

- Le Gall, venez, je vous offre une visite de votre demeure.

Son humour m'agaçait un peu mais finalement, beau joueur, je souris à son sarcasme et je le suivis.

La porte pivota sans difficulté. Elle s'ouvrait sur un escalier de pierre recouvert d'une gluante poussière grise. Voilà d'où venaient ses traces sur mon parquet.

- Zoldan, l'appareil numérique, cria Delaporte.

- Il arrive, répliqua celui-ci qui était resté en arrière en compagnie d'Agathe.

Le commissaire se transforma alors en photographe, mitraillant à tout va, illuminant par des flashes énervants l'étroit conduit qui s'enfonçait sous terre. Mes yeux n'appréciaient pas ces éclairs. La lumière de la torche était plus aimable.

Une dizaine de marches abruptes, puis un sol de terre. Nous ne pouvions progresser que pliés en deux. Le conduit ne devait pas dépasser un mètre cinquante de haut. Notre trio, sans concertation préalable, fasciné par la découverte et sans céder à l'angoisse, s'avança vers l'inconnu. On ne percevait plus que nos souffles et le bruit de nos pas hésitants.

Zoldan criait régulièrement : « Commissaire, tout va bien ? » Delaporte ne répondait pas. Il continuait à prendre des photos et à pousser devant lui le serrurier qui éclairait les voûtes et le sol. Soudain, la lampe-torche de ce dernier rendit l'âme. Nous étions dans le noir, sous terre et pris d'une angoisse soudaine. Je ne pus retenir un cri. Le serrurier aussi. Il n'y avait que Delaporte pour garder son calme, après avoir lâché un chapelet d'injures bien senti. « Messieurs, s'il vous plait, ordonna-t-il ». Il eut alors le bon réflexe de continuer à photographier tout en poussant l'artisan devant lui. Les éclairs nous permirent de visionner les quelques mètres à parcourir et quelque peu rassérénés, nous poursuivîmes. Il y eut un angle à notre droite puis une pente légère d'une dizaine de mètres. Puis, le sol remonta un peu.

Et progressivement, enfin, après un temps qui me sembla une éternité, une lueur de jour nous parvint. Nous accélérâmes le pas. La voûte était écroulée à quelques mètres de nous et le ciel dégagé inondait l'amas de pierre et de terre qui obstruait le conduit. Le serrurier escalada le terril comme un dératé. Il criait comme un dément.

- On est dehors, vivants. Youpi, hurlait-il en sautant sur place comme un footballeur après un but.

- Oui, commenta le commissaire, c'est effectivement

une bonne chose mais pourriez-vous m'aider à sortir de là ?

Le type regarda un moment le policier avec une intensité où la haine l'emportait devant la colère.

- C'est la dernière fois que je collabore avec la police, déclara-t-il en tendant la main à Delaporte.

- Si vous voulez, répliqua ce dernier qui, arrivé à la surface, se tourna vers moi pour m'aider.

Où étions-nous ? Et bien, tout simplement dans les fondations de la maison du crime. Le souterrain écroulé était celui que j'avais découvert avec mon copain, le magnolia, la nuit de la tempête dans la venelle aux chiens.

- Bon, constata le commissaire. Les choses prennent forme. On est venu vous cambrioler par cet accès. C'est plutôt original mais passionnant. N'est-ce pas Le Gall ? Je vais contacter à nouveau mon ami des Monuments Historiques qui n'a pas fait tout le boulot et dans l'immédiat... Zoldan pour qu'il nous ouvre les grillages. On ne va pas rester derrière ces ferrailles comme des animaux de zoo.

Il avait raison. Déjà, un petit attroupement se faisait dans l'impasse. Le Graét à son portillon, la mère Latoudi à sa fenêtre, Robin au milieu de la ruelle, nous regardaient avec des yeux ronds comme des billes.

L'adjoint, accompagné d'une Agathe stupéfaite de me retrouver à l'air libre de l'autre côté de la place, n'avait pas les clés pour nous libérer. Il les avait laissées sur son bureau. Le serrurier dut faire un effort pour prolonger sa collaboration avec les autorités judiciaires. Delaporte le remercia chaleureusement sans sarcasmes intempestifs. Du moins, je le ressentis comme ça. L'artisan repartit pourtant, furieux et maugréant des propos insultants pour la police.

Voilà, nous avions grandement progressé. Mon logement était dévasté, mon agence - déjà moribonde - connaissait de nouvelles complications qui aggravaient son état mais nous en savions plus. A la fois, sur mon cambrioleur, du moins, sur l'itinéraire de celui-ci et plus gênant pour moi et ma famille, sur les relations étroites comme le conduit souterrain, entre la maison du crime et ma maison familiale.

Un grand moment de découragement me tomba dessus en regagnant mon domicile. Accompagné par Agathe qui s'efforçait de me réconforter, je sentais bien que les heures qui allaient suivre ne seraient pas de tout repos. Delaporte, logiquement allait fouiller dans mon passé et celui de mes parents. De ces derniers, finalement, que savait-on ? Mariés en 1945, à la libération, ils étaient briochins tous les deux. J'étais enfant unique, mon père n'avait qu'une soeur, cette tante que je ne supportais pas. Qui aurait pu nous en dire plus sur mes origines ?

Je ne voulais pas au commissaire de longuement m'interroger sur mes ancêtres. Il le faisait d'ailleurs avec bonhomie, en affichant un air presque désolé. Mais il ne fallait en aucun cas, négliger la piste familiale. Je ne lui cachais rien. Je ressortis mes albums photo, la bouille de mes grands-parents, des tontons de Plancoët, de Pontivy, de Loudéac. Les documents avaient été préservés du désastre, planqués dans un bas d'armoire dans la chambre de mes parents.

Puis, Delaporte ferma son calepin. Il avait déjà noté beaucoup de choses, des noms, des dates, des métiers. Zoldan avait revu mes voisins et demandé aussi de son côté les mêmes renseignements aux anciens du quartier.

- Ne vous éloignez pas trop, conclut le responsable de l'enquête en se levant, car votre logement est mis sous scellé. L'équipe scientifique va en prendre possession, en début d'après-midi. Où allez-vous résider, le temps de l'enquête ?

- Chez moi, commissaire, au manoir, répliqua immédiatement Agathe.

- Très bien et bon courage Le Gall.

Et il sortit pour rejoindre Zoldan sur la place.

Je remerciai chaleureusement mon amie de me prendre en charge. On se connaissait que depuis le début de la semaine et elle me bichonnait comme si j'étais son homme. Je n'en revenais pas qu'une telle chance me tombe dessus. Ça compensait largement le reste qui se résumait à une série ininterrompue d'emmerdements dont je ne voyais pas le bout.

Les flics qui avaient investi mon appartement ne m'autorisèrent qu'à prendre quelques affaires de rechange dans mon armoire après avoir soigneusement consigné l'inventaire de mon baluchon. Je repartis dans le sillage d'Agathe, dans un état second, à la fois ravi d'avoir une compagne à mes côtés et catastrophé par la dévastation de mon logis. Sur le parking, ma voiture inutile depuis mon accident d'épaule, affichait une belle contredanse pour stationnement prolongé. Ça continuait.

A midi, je retrouvais le manoir que j'appréciais tous les jours un peu plus que la veille. Agathe y était pour beaucoup, j'en convenais mais l'endroit possédait un charme incomparable. Ces grandes pièces me changeaient tellement des recoins exigus de mon logis historique que certains qualifiaient de témoin d'une civilisation disparue. Mais en fait, que connaissais-je de ma maison et même de ma famille ?

Les événements pénibles que je venais de subir me plongèrent dans une intense introspection. Tout y passa. Mes vieux, dont je ne sais que ce qu'ils avaient voulu bien me dire de leur jeunesse. L'appartement qui semblait cacher trop de choses pour être honnête. Mes petites magouilles immobilières pitoyables. Et ma gueule trop hideuse pour vraiment plaire à mon amie... Mais sur ce dernier point, grâce à de longs dialogues avec Agathe, je parvins à ne plus trouver ma tronche si repoussante. « Beau, tu ne l'es assurément pas, affirmait-elle mais il y a dans tes mimiques quelque chose d'attachant et de sympathique. Ton sourire efface beaucoup de tes maladresses de traits ».

« Maladresses de traits »...L'expression me plaisait.

L'après-midi qui suivit le cambriolage, je mis du temps à me calmer. Je repensais à ce passage secret et j'étais scandalisé que l'on ait pu sciemment m'en cacher son existence. Pour masquer quelle horreur ? Il existait forcément une raison qui expliquait ce silence. Je me jurai de la trouver. Pendant que mon amie assistait à une réunion au pôle-emploi de Guingamp, je me mis sur Internet afin de constituer un dossier sur les vieilles maisons moyenâgeuses de Saint-Brieuc. Je ne trouvais que des généralités, bien sûr. Si je voulais vraiment approfondir le sujet, il me fallait consulter des archives ou rencontrer des historiens sérieux.

Désoeuvré, face à mon écran, je ne savais vers qui m'orienter. Je renonçai à mes déambulations sur le net et commençai à gamberger. Puis, il me revint à la mémoire, le nom de Charroux, ce beau village dans la Vienne. Le Pin's découvert sur le « trépassé du dessus », comme disait Delaporte. Je cliquais le nom de la commune sur le moteur de recherche et je m'offris une visite virtuelle de la charmante bourgade. C'était passionnant la vie de cette petite commune de la Vienne. Les habitants paraissaient posséder un enthousiasme débordant.

Alors, je pris mon téléphone portable, tout neuf et appelai la mairie.

- Allô, oui, bonjour madame. C'est un pin's de votre village qui m'a incité à vous appeler.

La gentille secrétaire ne connaissait même pas le terme de pin's. Elle me passa, monsieur le maire en personne.

- Ouh là, mon bon monsieur, on a arrêté ça vite fait. Un gouffre financier. C'était un des adjoints de mon père, qui était déjà maire, oui, c'est de famille, qui en avait eu l'idée. Il ne jurait que par ça. C'était la mode, oui, jusqu'en 1992, les Jeux olympiques d'Albertville. Il avait convaincu mon père. Comment se nommait le bougre ? Je ne sais plus. Ah, si, ça me revient. Grégorin, Casimir Grégorin. Pas courant, comme nom, hein ?

Le brave homme me tint la jambe pendant vingt minutes. Il me raconta toute l'histoire de sa commune. Je ne parvenais pas à l'interrompre et à faire en sorte qu'il me donne des précisions sur le Casimir en question. Il se contenta de me dire qu'il était représentant en électroménager et sillonnait tout le grand ouest pour caser ses aspirateurs. Puis, j'entendis un brouhaha dans le combiné ; on le sollicitait pour un dossier. Il me raccrocha presque au nez.

Ouf, la conversation avait été épuisante mais j'avais une piste. Je me précipitai pour trouver trace sur la toile de ce Grégorin. Rien. Aucune trace. Il n'existait même aucune famille portant ce nom sur la France entière. J'estimais que je pouvais maintenant transmettre l'info à Delaporte.

- Casimir Grégorin, dites-vous ? On va chercher. Peut-être par son livret militaire. Merci Le Gall. Et au fait, comment vous sentez-vous, avec toute cette affaire ?

Le ton du commissaire était bienveillant mais je percevais maintenant une certaine gêne dans ses propos. Comprenait-il que ses investigations n'allaient pas être toutes favorables à mon arbre généalogique ? Je le redoutais sans doute autant que lui. Qui aurait pu parler de mon père ?

- Ça va aller, commissaire ? Ici, j'ai tout pour me ressourcer, répondis-je gaiement.

- C'est bien et d'ailleurs, j'ai fait grâce à vous la connaissance d'une charmante dame, moi aussi, renchérit-il sur un ton badin.

- Tiens donc, et de qui s'agit-il ?

- De votre amie d'enfance, Catherine Perrin. Je suis passé la voir pour recueillir son témoignage sur Leblanc. Vraiment, une personne agréable. Je dois repasser la voir ce soir...

- Pour approfondir l'enquête commissaire ?

- En quelque sorte...

J'étais content pour Delaporte. Je me doutais bien que malgré nos masques d'affreux personnages, nous avions, nous les laids, quelques atouts...

Agathe m'avait dit qu'elle rentrait vers dix-sept heures. J'avais du temps devant moi pour téléphoner à ma tante, la perfide Tata Ginette qui habitait Cancale.

- Bastien, qu'est-ce qui t'arrive pour que tu m'appelles ? Tu veux vendre ton appartement ?

- Non, tout de suite, il est assez encombré. Non, c'est pour autre chose.

Je lui expliquai que je souhaitais connaître les copains de mon père quand il était ado.

- Mais, c'était la guerre, l'occupation, les privations, le rationnement. Ton père est de 26, il avait douze ans quand les Boches sont arrivés.

Le terme de Boche m'irritait le tympan. Tans pis, pour en savoir plus, il fallait que j'endure la bêtise de ma tante. J'insistais.

- Attends, il m'a parlé d'un certain Robin.

- Mais des Robin, à Saint-Brieuc, il y en a des wagons, répliquai-je avec impatience.

- Oui, mais celui-là, il était fils d'un maraîcher de Morieux. Je crois, ou d'Hillion. Un bon camarade de ton père. Du moins, il en parlait souvent comme un type qui avait du succès avec les filles et qui venait souvent avec des légumes de chez lui. Tu parles, à cette époque où on crevait de faim, quand on pouvait procurer des vivres aux copains sans trop de soucis, on était vite populaire.

Après ça, elle partit dans des considérations tendancieuses des plus désagréables. J'eus un mal fou pour mettre fin au dialogue inepte.

Robin, y avait-il un rapport avec celui de mon quartier ? Pas sûr du tout. Pour autant, pas question d'aller questionner le pauvre bougre, un peu dérangé et qui puait la misère de tous ses pores. Je me mis en recherche sur Internet. Des Robins maraîchers à Morieux, il y en avait deux et trois à Morieux, un à Plangenoual... Découragé, je mis fin à ces recherches quand, enfin, Agathe revint.

En sa compagnie, j'oubliais tout ça et passais une bonne soirée. Ce fut d'abord une sortie au centre équestre. Ma belle amazone monta son grand alezan en manège. Une séance de dressage. Du bon boulot. Puis, un retour au manoir, une douche prise ensemble et un dîner en amoureux.

Le lendemain, dès huit heures, Delaporte m'appela sur mon portable. J'étais encore au plumard avec ma grande blonde. Je décrochai, un peu nauséeux.

- Oui, commissaire ? Du nouveau ?

- Des tas de choses ! Je peux passer vous voir. Vous êtes au manoir ?

Une demi-heure plus tard, il me trouva en robe de chambre devant mon café. Agathe dans la salle de bains. Elle avait un entretien d'embauche à dix heures, chez un fabricant de meubles de Ploufragan. Je fis asseoir le policier et lui proposa de m'accompagner au petit déjeuner. Il accepta un café et mangea de bon appétit des croissants de la veille.

- Bon, commença-t-il après la dernière bouchée. On a retrouvé trace de votre Casimir. Par son livret militaire. Appelé en Algérie, sous-off, sergent-chef au 315ème Régiment d'Infanterie. Et comme par hasard, Leblanc était officier dans cette unité à la même époque.

- Et bien, voilà. Le lien est fait. C'est formidable, m'écriai-je.

- Oui, enfin, il reste encore beaucoup de boulot. C'est pour ça que j'ai envoyé Zoldan à Charroux. On verra bien si la piste Grégorin est bonne ou pas. Parce que si l'on suppose que le macchabée du dessus est bien ce Casimir, rien ne permet de le dire actuellement, et rien n'affirme aussi qu'il a été tué par Leblanc. Et il faut rajouter la prescription. On ne sait pas encore précisément quand a eu lieu de crime le plus récent, précisait le commissaire en relisant son calepin.

- Quant aux deux autres ? demandai-je.

- Affaires classées. Le plus ancien relève de l'anecdote historique et l'autre sans doute de la fin de la guerre - la Deuxième, j'entends et là - c'est à vous d'approfondir les recherches. Il existe une connexion évidente avec votre logement. J'aurais des scrupules à aller plus loin mais sachez que l'on en sait un peu plus sur cette victime.

- Et alors ?

- Un homme - mort dans sa vingt-cinquième année, peut-être - à l'arme blanche, une lame lui a brisé deux côtes vers le coeur. Et indice exceptionnel, on a retrouvé des tickets de rationnement dans le pli de sa veste.

- Des tickets ?

- Oui, enfin, des bouts. Pratiquement de la poussière mais la scientifique a pu les reconstituer. Pour la viande, je crois.

Un silence s'installa. Je pensais à ma famille. Delaporte feuilletait ses notes. Il soupira avant de déclarer :

- A vous de voir. Je peux vous aider mais cela en vaut-il la peine d'exhumer de sombres affaires ?

- Tout de même ! Imaginez que mon père, voire mon grand-père soit un meurtrier ?

- Cela changera-t-il votre existence ? répliqua-t-il avec un air contrit.

- Non, mais mes nuits certainement. Je vais retrouver mes épuisantes insomnies.

Agathe descendit de l'étage à ce moment-là. Elle s'approcha de moi et me glissa à l'oreille avec un bisou dans le cou : « Je m'en occuperais de tes insomnies... ». Elle avait suivi la fin de la conversation.

Delaporte souhaita bonne chance à la grande femme blonde et reprit :

- Bon, parlons maintenant de la gosse de Leblanc. Toujours aucune trace.

- Non, nous avons cherché les concours à venir dans la région mais pas d'engagement ni de ses chevaux ni d'elle-même. Elle a bien compris qu'on était à ses basques. Elle n'est pas prête à remettre ses biquets sur les terrains, précisai-je.

- Oui, il va falloir de la chance ou de la suite dans les idées.

- Toutefois, il y a pour le détenteur d'équidés l'obligation de déclarer le lieu de stationnement de ses animaux, ajoutai-je en me souvenant d'une précision apportée par Agathe la veille.

- Depuis quand, cette obligation existe ? C'est nouveau ? Demande le commissaire.

- 2010, je crois.

- Est-ce pour autant utile pour nous ?

Delaporte avait raison. Rien ne pourrait contraindre Djedjica à faire connaître son lieu d'hébergement de ses chevaux. Nous ne pouvions compter sur cet élément. Toutefois, il le nota sur son sacro-saint calepin. Puis, nous parlâmes d'autres choses et notamment de Catherine, la belle Cath qui l'avait invité la veille. Il semblait bien accroché par la dame. Cette dernière lui avait certifié que Leblanc était un homme timide, discret et sans doute incapable de commettre un crime. Mais que savait-on de la vraie nature des hommes ? Peut-être s'agissait-il d'un vengeur sanguinaire ?

Le commissaire précisa aussi que l'accident qui avait défiguré son amie et tué le patron de celle-ci n'avait rien de suspect. Du moins, les archives de l'époque

pellation de l'époque), dans le Finistère et le Morbihan. Et encore, on ne sait pas tout. Écoutez voir...

Ça y était. L'ancienne secrétaire de mairie possédait une verve intarissable et une mémoire des plus précises. Elle était partie à fond dans ses souvenirs. Avec Agathe, on se lança un coup d'oeil complice et décidions tacitement de ne pas l'interrompre, jusqu'à ce moment très précis.

- Tiens un seul exemple, un gars de chez nous, le fils Robin, un gamin de vingt-cinq ans qui trafiquait depuis des années a disparu du jour au lendemain en juillet 44.

- Comment ça, disparu ? demandai-je.

- Il est parti un matin pour Saint-Brieuc. On ne l'a jamais revu. Il avait pourtant des raisons de se méfier. C'était un délateur de résistants et je crois, en plus qu'il fournissait des filles aux officiers allemands. Mais il se croyait intouchable avec sa belle gueule et son bagou. J'avais quatorze ans et je me souviens très bien de sa tête.

- Et il a de la famille dans le coin ?

- De lointains cousins, mais mon bon monsieur, quand on a un fils qu'est un salaud, on fait profil bas et personne dans ses proches n'a souhaité le retrouver. Il avait une soeur qui s'est empressée de quitter le pays à la libération. Elle s'est mariée sur Rennes, il me semble puis on n'a plus jamais entendu parler d'elle.

J'étais bien avancé. Et plus j'en apprenais sur ce disparu qui pourrait être la victime du « milieu » de l'impasse, moins j'avais envie de découvrir son funeste destin. Que cette ordure ait fini sous le couteau de mon paternel ou d'un autre, peu importait. Bien sûr, il aurait été préférable qu'il passât devant un tribunal plutôt d'être condamné par la vindicte populaire et enterré à la va-vite dans le souterrain de l'impasse. Mais, je m'imaginais mal rechercher les membres de sa famille, demander une analyse ADN (qui pourrait d'ailleurs les contraindre à ça ?) et réaliser l'identification du corps.

Sur la route du retour, j'en discutais avec Agathe quand elle voulut remonter sur Saint-Brieuc par l'ancienne route de Paris. Nous passâmes donc par Yffiniac et sans y avoir pensé devant le garage de la baie.

- Tiens, si on s'y arrêtait ? On aurait peut-être des infos sur la voiture de Robert, le patron de Catherine Perrin, avant son accident.

- Sous quel prétexte ? T'es pas flic. Ils ne vont pas te répondre, dit Agathe en ralentissant. D'ailleurs, je crois qu'ils sont fermés. Logique, il est plus de dix-huit heures !

Effectivement, la grille était fermée. Pas de lumière dans les bâtiments. De plus, mon amie avait raison. Avec ma gueule enfarinée, j'allais me faire jeter même si j'arrivais en plein jour, avec les meilleures intentions. Tout de même, je me promettais d'en parler à Delaporte.

Ce fut inutile. Zoldan était passé le matin même au garage. Envoyé par le commissaire, il avait obtenu la liste des salariés à l'époque où Leblanc entretenait son véhicule dans cet atelier. Au téléphone, dans la soirée, Delaporte me donna quelques noms.

- Bien sûr, on recoupe ça avec les déclarations d'embauche, d'Urssaf et autres visites médicales obligatoires. On parviendra peut-être à faire ressortir un individu qui, aurait, éventuellement saboté la voiture du dentiste.

L'idée de sabotage avait fait son chemin dans le psychisme du policier. Un mystérieux vengeur agissait peut-être dans l'ombre pour punir ceux qui portaient atteinte à la fille de Leblanc.

- Vous voyez le genre ? Un justicier implacable qui appliquerait des sentences radicales. Le même peut-être qui aurait fait un sort à Casimir Grégorin et à ce coquin de Robert.

Cela effectivement possédait un fumet assez appétissant pour un fin limier comme lui.

De retour en Trégor, une idée désagréable ne me quittait pas. Celle que mes parents ou grands-parents avaient pu éventuellement, dans l'euphorie du débarquement de 1944, participer même adolescents à l'épuration qu'un écrivain féru d'histoire qualifia de « sauvage ». Je réalisai que par fainéantise intellectuelle ou manque de curiosité, j'ignorai pratiquement tout de cette période troublée. Moi qui n'avais connu que la paix, je n'arrivais pas à croire que ma belle ville, mon paisible département et la Bretagne entière avaient pu être le théâtre d'atrocités qui relevaient de la guerre civile.

Oui, des gens du même village, de la même rue et sans doute aussi de la même famille s'étaient dénoncés, vendus et étripés pour avoir choisi tel ou tel camp. Comment avais-je pu jusqu'à ce jour éluder tout ce pan de l'histoire ? Certainement parce que peu de personnes se risquaient sur ces terres mouvantes de cette mémoire qu'on n'osait plus qualifier de collective... Mes parents, en premier lieu, n'avaient jamais abordé le sujet devant moi. Et pourtant, ils ne pouvaient ignorer certaines choses. Je décidai d'en savoir plus en empruntant des ouvrages à la médiathèque de Guingamp.

Je découvris des chiffres et des anecdotes terribles. Avant le débarquement allié, quarante-sept personnes ont été exécutées dans les Côtes du Nord ! Un historien breton, spécialiste de cette terrible époque écrit, à propos de ces tueries : « Certaines sont le fait des résistants et des maquisards, la majorité vraisemblablement, mais bon nombre sont des règlements de compte ou des crimes de droit commun et les rapports de gendarmerie ne nous permettent pas de trancher... ».

Le contexte se prêtait tellement bien à accuser n'importe qui de collaborer ou de trahir, pour peu qu'il eût un nom ou une opinion qui indisposât, un terrain à spolier, un bien à jalouser...

Quessoy, par exemple, le paisible village au sud de Saint-Brieuc en août 1944 avait été le lieu de la découverte du corps d'un notable, maire d'une commune voisine. Exécuté par les résistants ? Rien ne pouvait l'affirmer. Pour quel motif ? On cherchait encore... Et que dire de la « bande à Mimil » dans la région de Loudéac ? Bande armée qui se croyait investie de pouvoirs de justice populaire ?

Et pour finir, ce maire qui, découvrant des ossements déterrés par les chiens et les renards, avait préféré ne rien dire aux autorités et faire recouvrir les tombes par le fossoyeur de son village ? J'en étais abasourdi et par écœurement je préférais ne pas approfondir la question. Le souterrain de l'impasse avait sans doute été le lieu improvisé de sépultures après de sanglants règlements de compte et j'avais peur de ce que j'aurais pu apprendre concernant ma famille.

J'eus des cauchemars la nuit suivante. J'imaginais mon père découpant dans mon appartement au couteau un pauvre bougre, tombé dans les miasmes de la collaboration et l'ensevelissant en catastrophe dans le souterrain au-dessus d'un autre mort d'une autre époque...

Il se passa quatre jours sans que Delaporte me donnât de nouvelles. Mon logement de Saint-Brieuc était investi maintenant par les Monuments Historiques qui avaient inventorié tout un réseau de galeries souterraines à partir de la place Louis Guilloux. Des ouvertures grossièrement obstruées avaient été ouvertes et des conduites plus ou moins bien maçonnées sillonnaient le sous-sol de la butte et certaines s'en allaient même sous la cathédrale. Les historiens se précipitaient dans mon petit coin tranquille pour en faire un lieu de fouilles. Les équipes de télévision revenaient braquer leurs caméras dans la vieille ville mais cette fois-ci pour des raisons moins racoleuses que précédemment. Peu importait pour les journalistes ; c'étaient les mêmes tronches...

Et Cédric, à qui nous rendîmes visite, continuait à faire fonctionner son établissement du matin au soir. Il nourrissait les experts comme les envoyés spéciaux, de 8 heures pour le petit-déjeuner jusqu'à la nuit pour ceux qui avaient trouvé à se loger dans le quartier. Le cuistot n'en revenait pas d'avoir son restaurant au centre d'un chantier de fouille. Il commençait à imaginer que lui aussi aller trouver une issue secrète dans un recoin de sa salle ou de ses cuisines.

Pendant cette accalmie, je me réfléchis énormément à toutes les péripéties qui avaient chamboulé mon existence. En quinze jours, il s'était passé plus de choses qu'en vingt ans. J'en avais presque perdu le sommeil mais heureusement, Agathe se montra très disponible et plus d'une fois, vint à mon secours pour me sauver de cauchemars terribles.

Puis, l'enquête prit un tournant nouveau et par un biais totalement imprévu. Un général, qui du fait de la retraite avait trouvé le temps d'écrire ses mémoires, vint à la Bibliothèque Municipale de Saint-Brieuc pour dédicacer son livre consacré au drame algérien et notamment à l'abandon des harkis en 1962. Il faisait part de nombreux témoignages recueillis à l'époque et depuis. Attiré par une couverture des plus réussies, je m'offris le bouquin et me rendis à la dédicace. Peut-être que le vieux soldat allait m'en apprendre ?

Et comme par hasard, Delaporte eut la même idée que moi. Nous nous retrouvâmes dans la salle de conférence de la bibliothèque, le volume sous le bras.

- Tiens, donc Le Gall, vous vous intéressez à la question, me dit-il en m'apercevant dans le hall.

- Un peu, depuis quelque temps, répondis-je en lui serrant la main. C'est un sujet délicat mais passionnant.

A priori, pas pour tout le monde. Nous étions que quatre à écouter le général parler de ses campagnes algéroises. Si bien que l'officier, pas vexé le moins du monde par la défection des Briochins, trouva plus simple de rassembler ses interlocuteurs autour d'une petite table. Il nous raconta une foule d'anecdotes allant de la plus rigolote à la plus dramatique. Et en particulier sur les sujets des harkis, supplétifs sacrifiés comme il les nommait.

Après une bonne heure et demie d'exposé, nous pûmes lui poser les premières questions.

- Avez-vous dû empêcher certains de vos subordonnés de désobéir aux ordres et de les laisser venir en aide à certains des hommes qui avaient combattu pour la France ?

- Il m'était beaucoup plus simple de faire comme si je ne voyais rien, répondit le général. Je n'étais que capitaine à cette époque et mes gars, du moins certains, ont respecté la parole donnée.

- Et vous-même ? demandai-je un peu confus de mon audace.

Il marqua un temps d'arrêt avant de répondre.

- Je ne suis pas intervenu directement, sinon, je n'aurais pas fait la carrière que j'ai eue après. Ce n'était pas par calcul mais j'avais aussi à respecter l'ordre de mes chefs. J'en suis conscient et mon livre est là aussi pour réveiller la mémoire collective de la société de cette époque. On ne voulait plus de l'Algérie. Mais j'en ai beaucoup souffert... dans ma conscience.

- Et avez-vous des exemples précis ? poursuivit Delaporte.

- Je ne pourrais pas citer nommément les officiers ou sous-officiers qui l'ont fait mais je me souviens très bien qu'il s'est formé un véritable réseau dans ma compagnie. J'ai fermé les yeux, c'est tout ce que je pouvais faire. Que ceux qui ont eu la vie épargnée compensent ceux qui sont morts de notre faute.

Il ne restait maintenant plus que Delaporte et moi a écouter l'écrivain. Les deux autres lecteurs étaient partis.

- Alors si je vous cite Casimir Grégorin, le lieutenant Leblanc... dit l'officier.

Il ouvrit de grands yeux et resta un long moment, coi, bouche bée, stupéfait. Puis, après une mimique gênée pour vérifier que personne que nous l'entende.

- Lisez mon livre, le chapitre 7 que j'ai intitulé « Des

salauds authentiques » est consacré à cette ordure de.... Machin dont je ne veux plus jamais prononcer le nom. Par contre, Leblanc, c'est trop commun, ça ne me dit rien.

- Et qu'est-ce que vous pouvez ...

- Non, je vous dis, prenez la peine de lire mon bouquin et vous comprendrez que ce type-là et bien d'autres ont violé, tuée les femmes des supplétifs pendant que leur mari étaient égorgés par les fellagas. Ils voulaient en profiter une dernière fois, comme ils disaient. La scène que je décris est assez explicite. Elle m'a été racontée par une survivante, laissée pour morte mais qui a survécu miraculeusement.

- Et ces gens-là ont laissé des enfants sur place ?

- Ça, c'était plus facile de les sauver. Ça ne prend pas de place dans un camion ou une jeep. J'ai vu pas mal de gosses pris en charge par mes gars. Je n'ai rien dit. Cela ne m'empêche pas de rêver presque toutes les nuits aux horreurs commises pendant ces jours-là.

Nous ressortîmes de la bibliothèque, un peu sonnés par ce que nous venions d'apprendre. Le Casimir en question était une véritable ordure. Et il n'avait pas volé son destin cruel. « Mais pas de justice sans procès, remarqua Delaporte. Si ce type-là a commis ces crimes, il ne méritait pas d'être exécuté sans doute par notre vengeur mystérieux ».

Il avait raison mais j'étais tout de même furieux contre ce salaud authentique comme l'écrivait le général.

Le lendemain, Zoldan avait fait l'inventaire complet de ses recherches à Charroux. Pas d'indices qui puissent corroborer la thèse en cours. Grégorin avait laissé du jour au lendemain son petit logement, resté vide depuis. Il n'avait pas d'enfants et ses rares amis étaient morts eux aussi depuis longtemps. De quoi ? De mort naturelle, à priori. Sauf peut-être un curieux accident de golf... Un camarade du Casimir s'était pris une balle en pleine tête lors d'une sortie sur le green. Mais personne n'imaginait enquêter sur cette maladresse.

Par ailleurs, Delaporte, dans ses recherches sur le garage de la baie avait identifié un nom. Mohamed Khellif. Né à Oran, embauché de 1986 à 2004 dans l'atelier en tant que mécano et aussi homme à tout faire. Depuis sa retraite, on n'avait plus de nouvelles de lui.

- Son ancien patron, bien gâteux maintenant dit que c'est un grand type, sec, peu bavard, très précis dans ce qu'il faisait mais mauvais coucheur et pour tout dire peu sympa. Il y en a comme ça, crut bon de rajouter Zoldan qui avait interrogé l'ancien en retraite à Montbarreil, juste à côté de chez moi.

Les recherches s'orientèrent donc sur ce mystérieux Mohamed. Etait-il le justicier de l'impasse et mon agresseur ?

Puis, l'enquête manqua de souffle. Les jours se succédèrent puis les semaines. On ne rendit mon logement mais je n'avais plus le cœur à y remettre les pieds. J'étais bien chez Agathe qui avait retrouvé du boulot. Elle devenait secrétaire de direction dans une grosse boite d'aliments du bétail à Guingamp, donc tout près du manoir et moi, après avoir occupé un logis moyenâgeux en plein centre historique, je me trouvais maintenant en rase campagne à jouer les châtelains.

Et un week-end, nous partîmes, direction Rennes, pour un concours de dressage. Mais arrivé sur place, les épreuves furent toutes annulées. On avait détecté un cas de charbon dans un centre équestre de l'agglomération rennaise. Tous les déplacements d'équidés devenaient interdits. La gendarmerie était mobilisée pour intercepter tout camion susceptible de transporter des animaux. Les vétérinaires étaient sur les dents et chaque centre équestre devait attendre le passage de ces messieurs pour des prélèvements.

Et ce fut à ce moment-là que l'on retrouva la piste de Djedjica. Se sentant menacée par l'intervention imminente des autorités dans son petit club à Bruz et n'ayant pas déclaré le lieu de résidence de ses chevaux, elle tenta de quitter l'agglomération rennaise et de rejoindre le Finistère.

Dépitée de l'annulation du concours, Agathe dut se résoudre à voir repartir le camion du club. Terriblement déçue, elle se voyait une bonne chance dans les épreuves qu'elle avait préparées de longue date. Il fallait pourtant se rendre à l'évidence. La journée était perdue. Nous étions en voiture et nous avions suivi le véhicule du club depuis Guingamp. Nous n'avions plus qu'à rebrousser chemin. Assommés par l'adversité, nous n'avions plus le coeur de refaire le chemin derrière le pont du camion.

Nous décidâmes de rentrer par le chemin des écoliers et de prendre les petites routes. Il faisait un temps frais mais clair qui incitait à la promenade.

- Pourquoi pas faire le crochet par Josselin ? On verrait le château, proposai-je en consultant la carte.

- Tu crois ?

Je sentais Agathe découragée et je ne voyais plus comment lui redonner le moral. Je m'apprêtais à réitérer ma proposition quand elle s'écria.

- Là, devant, le camion de Djedjica !

- Quoi, t'es sûre ?

- Certaine, pas de doute. Et ses deux chevaux sont dedans.

Le véhicule qui se conduisait avec un simple permis V.L patientait à un feu rouge, deux voitures devant nous. En une seconde, Agathe avait retrouvé tout son enthousiasme habituel non dénué toutefois d'une certaine forme d'inconscience qui m'inquiétait.

- On va les suivre et les arrêter, déclara-t-elle en prenant leur sillage. Il n'y avait plus qu'une voiture intercalée.

- Mais non, pas les arrêter. On n'en a pas le pouvoir et avec quoi ?

- Prends dans la boite à gants. Il y a un pistolet à grenailles, une idée de mon mari.

- Ça ne va. T'es cinglée. Je téléphone à Delaporte.

Mais ce dernier avait laissé un message laconique sur son répondeur. Il était chez son chirurgien à Montrouge pour une partie de bistouri, précisait-il avec humour.

Agacé par l'impossibilité de le contacter, je constatai avec terreur qu'Agathe prenait en chasse le camion. Elle tentait de doubler la voiture qui se trouvait entre nous et le van. Elle n'avait jamais conduit avec une telle brusquerie. Je ne me doutais pas qu'elle avait pris à coeur mon histoire et surtout, je le sus après, qu'elle encaissait mal la défection de son amie cavalière. Elle pensait en être plus proche que cela et qu'une certaine confiance s'était établie entre les amazones. Il n'en était rien, de toute évidence.

La petite route de campagne sur laquelle nous roulions ne permettait pas de dépassements. Du moins, c'est que je pensais avant que ma conductrice me prouvât le contraire. Les gravillons volèrent et la petite dame dans sa caisse à savon qui lambinait devant nous eut la peur de sa vie. A tel point qu'elle dût s'arrêter pour retrouver ses esprits.

Nous étions maintenant derrière le véhicule.

Agathe était en pétard. Elle klaxonnait et multipliait les appels de phares pour faire stopper le camion. Rien n'y faisait. Alors, elle de décida dans une ligne droite à le dépasser. Elle déboîta et s'engagea sur la voie de gauche. Mais, immédiatement le chauffeur pris en chasse (Djedjica ou une autre personne, nous ne le savions pas à ce moment-là), nous barra la route. Ma voisine dut freiner pour ne pas finir dans le décor. Et le camion fit une embardée, percuta un petit muret qui emporta un morceau de sa carrosserie. Les chevaux dans la caisse réagirent vivement à cette conduite insensée en tapant des postérieurs.

A l'évidence, nous n'étions pas les bienvenus et j'avais le trouillomètre à zéro. Agrippé à la poignée, au-dessus de ma tête, je retrouvais toutes mes prières de mon enfance. Mais Agathe ne montrait aucune faiblesse. Je crus même distinguer un sourire sur son visage. « J'aime bien la vitesse, finit-elle. J'ai fait un peu de rallye dans ma jeunesse... ».

Cependant, sa bonne humeur ne dura pas. Elle fit une autre tentative pour doubler mais pour toute réaction, le chauffeur pourchassé sortit le bras gauche à la fenêtre avec dans la main, un outil. Il le lança vers l'arrière juste au moment où l'avant de notre voiture se décala de son sillage. L'impact fut immédiat et le pare-brise s'étoila sur toute sa largeur pour finalement s'effondrer sur nos genoux. Un marteau rebondit longuement sur le bitume avant de disparaître dans l'herbe du fossé.

Là, Agathe se raisonna. Elle s'arrêta au milieu de la route. Le souffle coupé, nous regardions le camion s'éloigner. L'air frais qui nous parvenait par la large ouverture sous notre nez nous fit du bien et nous dégrisa en quelques minutes. Ce fut de retentissants coups de klaxon qui nous sortirent définitivement de notre hébétude. La mamie que l'on avait terrorisée lors de notre dépassement ne comprenait pas pourquoi, on l'empêchait d'aller à la messe du dimanche.

Agathe sortit du véhicule en s'époussetant des confettis du pare-brise. Sa longue personne ne fit qu'aggraver la détresse de la grand-mère et quand moi-même, je réussis à m'extirper de la berline, ce fut le coup de grâce. La pauvre vieille dame criait pour qu'on ne lui fasse pas de mal. On mit du temps à la calmer...

Puis, après de longues palabres, on réussit à lui faire comprendre ce que nous voulions. Regagner le premier village où nous pourrions attendre une dépanneuse. Car Agathe comme moi, n'étions plus en état de conduire. Une peur rétrospective nous coupait les jambes et sans pare-brise, nous risquions des tas d'ennuis. On poussa la voiture défigurée dans un chemin forestier.

- Madame, pouvez-vous nous conduire au village, s'il vous plait ? demanda Agathe avec sa voix la plus douce.

- Bon, d'accord mais je ne conduis pas vite, je vous préviens et on ne fume pas dans ma voiture, rétorqua la personne en reprenant place derrière son volant.

- Nous ne sommes pas fumeurs, madame, précisa Agathe.

Ma tension redescendit un peu pendant les premiers kilomètres que nous fîmes à l'allure d'une diligence au temps de Louis XVI. Agathe s'était assise à côté de la conductrice et moi à l'arrière. Je commençais à me détendre un peu quand au bas d'une butte avant un carrefour, j'aperçus en même temps qu'Agathe, le camion de Djedjica. Sur le bas-côté, un pneu crevé. Le pont descendu, vide de ses occupants. Le véhicule payait son embardée et sa fâcheuse rencontre avec le muret. Ma tension remonta à son maximum.

Mais pour autant, la vieille dame ne semblait pas remarquer la scène. Concentrée sur sa conduite, elle n'écoutait pas les demandes de mon amie.

- Madame, arrêtez-nous là, s'il vous plait.

- Que dites-vous, je n'entends rien ? répondait la vieille qui maugréait contre le retard pris pour la messe de 10 h 30.

- Stop, finis-je par hurler.

La conductrice cria de peur et finit par stopper son engin. Nous descendîmes en même temps, Agathe et moi. Nous étions à cent mètres au moins du camion accidenté. La dame repartit de suite, sans même un regard pour nous. Toujours pliée vers son tableau de bord, bougonnant contre les mécréants que nous étions.

La route traversait une forêt. Ne s'entendaient que les merles qui sifflaient en haut des cimes pour accélérer la venue du printemps et les piaillements nerveux des mésanges dans les noisetiers. Sans se concerter, nous marchions vers le carrefour où le camion, avec son air penché, semblait nous attendre. Pendant ce trajet parcouru à bon rythme, nous avions retrouvé nos jambes, nous restâmes silencieux, vaguement inquiets à l'idée d'être surveillés.

Puis parvenue, au véhicule, Agathe sortit de sa poche le pistolet à grenailles qu'elle avait eu la présence d'esprit ou la bêtise de prendre en abandonnant sa voiture.

- Y a quelqu'un ? hurla-t-elle en s'approchant.

Personne.

Mon amie, telle Calamity Jane, remisa son arme dans sa poche. Puis, elle visita l'habitacle. N'y trouva rien d'intéressant ou du moins d'utile dans l'immédiat. Des tickets d'achats de gas-oil, d'aliments pour chevaux, de courses à un supermarché. Précieux pour retracer un parcours mais dénué de tout intérêt pour nous.

- Bon, dis-je en m'appuyant sur le camion, que fait-on, maintenant ?

J'étais vanné. J'avais soif, j'avais faim. Un découragement subit me tombait sur les épaules et d'ailleurs, la mienne me faisait mal. Agathe, aussi, semblait abattue. Elle me lançait des regards perplexes, ne sachant que dire de la situation. Puis, énergique en diable, elle prit la parole.

- Ils sont partis à pied avec les chevaux, à cru ou peut-être même en selle. On va bien trouver par où ils se sont dirigés.

Et déjà, elle faisait le tour du véhicule puis marcha une vingtaine de mètres sur la droite de droite, rebroussa chemin et s'engagea sur celle de gauche. Je l'observais avec étonnement. Rien ne semblait l'atteindre. Nous étions pourtant sans voiture, au milieu de nulle part, sans réseau suffisant pour nos portables.

Puis, à une cinquantaine de mètres de moi, elle cria.

- Bastien, arrive. Ils ont pris ce chemin, en forêt. Il y a des traces de pas et des crottins un peu plus loin.

- T'es sûre ? Tu ne veux pas plutôt attendre une prochaine voiture, répondis-je piteusement.

- Allez, courage, vieux, poursuivit-elle. Tu me diras, c'est plutôt marrant, non, cette chasse à l'homme.

Je soupirai longuement et me décolla les fesses de la carrosserie du camion. Je serais bien resté là à patienter.

On marcha longtemps dans un sentier couvert de feuilles. Les arbres, essentiellement des bouleaux et des châtaigniers ne paraissaient pas presser de ses couvrir de nouveaux bourgeons. Ils agitaient leurs troncs en gémissant sous l'action du vent. Cela ne m'amusait plus du tout, cette petite plaisanterie alors que ma partenaire ne montrait aucun signe de lassitude.

- T'aurais bien fait flic, comme job, non ? demandai-je à Agathe.

- Oui, sans doute. J'aime bien les fortes poussées d'adrénaline un peu comme en sport, tu vois.

- Il est vrai que tu as un physique d'athlète, poursuivis-je.

- Jusqu'à maintenant, tu ne t'en plains pas de mon physique, renchérit-elle en souriant.

- Ah non, au contraire, j'adore !

Elle s'apprêtait à enrichir cette brillante conversation par une nouvelle réplique quand d'un geste, elle me fit signe de me taire. Le chemin se prolongeait par une petite route goudronnée et débouchait, à l'orée du bois, sur un hameau paisible. Une succession de bâtiments agricoles. Et quelques maisons d'habitation. Des toits d'ardoises, des portes de granges, des petites portes bleues et grises. Des maçonneries de grès et de schiste qui donnaient un caractère bien trempé aux maisons.

Mais personne. Nous avancions en silence, en suivant les traces des chevaux, des marques de fer sur les bas-côtés ou de jolies empreintes sur le goudron.

Puis la route s'évasa et il apparut une sorte de place. Une boite postale coulée à un mur jetait sa touche jaune au milieu des gris et des bleus. Un banc proposait une halte sous un marronnier et toujours personne. Ah si, un homme courbé sur son potager, retournait un carré de terre.

- Bonjour, monsieur, commença Agathe en s'avançant vers le muret qui la séparait du jardinier.

Le gars s'arrêta, un peu surpris, retira son mégot de ses lippes pâteuses et releva la visière de sa casquette grise. Il portait une veste de la même teinte et un pantalon bleu rutilant comme s'il avait été acheté la veille à la coopérative agricole du coin. L'archétype même du retraité de la SNCF...

- Oui, dit le personnage en se redressant un peu ?

- N'auriez-vous pas vu des chevaux passer, il y a peu de temps ?

- Ah, ben si, j'ai vu tes bourrins, rétorqua le type en recollant sa clope à ses lèvres. Il y a quoi, une demi-heure.

Je crus nécessaire de poser la question.

- Ils étaient seuls ?

C'était idiot mais il ne m'était venu que cette réflexion.

- Mais non ! T'es stupide, garçon. Les chevaux ne se trimbalent pas tout seuls comme ça, par chez nous. Ils étaient montés par une mignonne petite et un grand gars, un peu ours qui n'avait pas l'air de rigoler.

- Et ils sont partis par où ? poursuivit Agathe.

- Direction Paimpont, dit le personnage en reprenant son outil.

Nous sentions qu'il en avait assez dit. Nous le remerciâmes. Il se contenta de porter deux doigts à sa casquette et reprit le binage de son carré de jardin.

- T'as vu la direction de Paimpont, toi, demandai-je à a mon amie ?

- Non, mais si on va jusqu'au carrefour, là-bas, on verra peut-être un panneau.

En fait de panneau, il n'y avait que celui du lieu « Trédéal », le village où nous étions. A proximité, un splendide frêne dénudé par l'hiver semblait impatient de retrouver ses feuilles. L'arbre remarquable de force agitait ses ramures dans le vent frais. Le ciel encore limpide au-dessus de nos têtes se couvrait vers l'ouest.

- Il ne manquerait plus qu'il pleuve, déclara Agathe en levant les yeux.

Nous primes sous les frondaisons décharnées du frêne et sortîmes du village. Comme le goudron ne possédait plus la tendreté qui avait permis dans le bourg derrière nous de retrouver trace des chevaux, nous ne savions plus quelle direction prendre. Alors, pourquoi pas tout droit ?

La campagne reprenait ses droits. Les parcelles se succédaient, repoussant les bois à la portion congrue. Les vaches laitières pâturaient maintenant sous une légère bruine. Elles nous regardaient passer en ouvrant de grands yeux comme si nous étions des extra-terrestres. Il n'y avait qu'un fil électrique pour les contenir. Je les imaginais rompant leur clôture pour nous charger.

Le temps changeait radicalement. La pluie légère comme un brumisateur revigorant se transforma en quelques minutes en averse glaciale. Je vis Agathe remonter son col de blouson avec fatalité. Pourtant, elle me sourit comme pour m'encourager. Je lui répondis de la même façon.

- Sympa, les petites sorties dominicales en pays de Paimpont, plaisantait-elle.

- Génial, répondis-je.

Cependant, notre calvaire allait prendre fin. Dans une petite combe, un long bâtiment qui suivait la route nous parut comme un refuge possible. Des toits d'ardoises, des murs de pierre ocre et crème avec quelques éléments plus foncés, des portes-fenêtres, des encadrements d'ouverture où alternaient le rouge et le blanc ; tout cela formait un lieu accueillant.

Nous frappâmes à la première porte. Pas de réponse. Nous allâmes à une porte-fenêtre. Pas de meilleurs résultats. Il y avait pourtant une voiture devant l'habitation. Son toit résonnait de l'averse. Puis, d'un seul coup, un personnage nous héla d'une porte de grange, un peu plus bas dans la pente. Cela me fit sursauter.

- Qu'est que vous cherchez ? braillait-il pour couvrir le bruit de la pluie.

- A nous mettre à l'abri, répondit Agathe. Nous avons eu un accident de voiture, un peu plus loin et...

- V'nez par là, s'écria le type, un bedonnant personnage en chandail beige, un blouson gris trop petit sur le dos.

On ne se fit pas prier pour rentrer dans la grange.

- Ben, mes pauvres amis commença le bonhomme, c'est-y un temps à se balader sur les routes ?

- Ma foi, on ne choisit pas quand on a des emmerdements, commentai-je, en pénétrant dans la grange qui sentait bon la paille et le foin.

L'endroit était assez sombre. Des clapiers occupaient tout un pan du mur droit. Des cages bruissaient des activités des rongeurs. Les animaux venaient d'être nourris. Et sur le côté gauche de la salle, basse de plafond, un long établi où traînait tout un fatras de pièces de cuir, de collier d'attelage et de pièces métalliques. Il n'existait qu'un endroit net et fortement éclairé par une lampe suspendue à une poutre.

- C'est mon atelier, dit notre hôte. Je bricole un peu

les harnais et je restaure des colliers pour les chevaux. J'attelle un peu de temps en temps avec mon voisin. Il a deux percheronnes, à la ferme à côté.

- Et justement, à propos de chevaux, vous n'en n'avez pas vu passer deux ? demanda Agathe.

- C'est marrant que vous disiez ça, ils étaient là, il y a une heure. Juste avant la pluie. J'ai pas de place ici, pour les abriter. Eux aussi, ils ont un problème avec leur camion. Les routes ne sont plus sûres, que voulez-vous ? Alors, j'leur ai dit d'aller chez Raymond, mon voisin, justement, c'lui qu'attelle.

Il s'exprimait avec une gouaille toute particulière, mâchonnant ses mots comme s'il avait en bouche une pâte épaisse.

Agathe me regarda. Nos fuyards étaient à portée de main. Nous écoutions l'énergumène qui maintenant parler de la naissance de ses lapereaux mais nous n'avions que faire de savoir que sa meilleure mère avait fait sept petits. Pourtant, au sec et commençant à nous réchauffer, nous eûmes la courtoisie de nous montrer follement intéressés.

Puis, soudain, le portable d'Agathe sonna. C'était Gauthier, son fils que je ne connaissais pas encore.

- Maman, qu'est-ce tu fous, t'es pas au concours. Je voulais te faire la surprise et venir avec ma copine. Mais au centre équestre, tout était fermé. Il y avait même un flic à l'entrée. Qu'est-ce qui se passe ?

- Ah, Gauthier, bonjour mon chou.

Le jeune homme, vingt-et-un ans, tout de même, détestait que sa mère l'appelle ainsi.

- Tu tombes bien. Si tu es toujours disponible pour ta chère maman, viens nous chercher, oui, Bastien et moi. On est en rade à...Où est-on, monsieur ici, demanda-t-elle à l'éleveur de lapins ?

- A Trudeau, à la ferme de Hucheloup, répondit le gars, occupé à me présenter toute la famille de Jeannot lapin....

Le garçon promettait de venir sans tarder à Paimpont. Lui était à Rennes, à un bistrot, « avec des potes » avait-il précisé. Il raccrocha.

- Bon, assez parlé des lapinous, déclara d'un seul coup notre hôte. V'nez donc chez moi. J'va vous faire un bon kawa et vous donnez des serviettes pour vous sécher...

Un quart d'heure plus tard, assis autour d'une table de cuisine avec l'inévitable toile cirée qui collait un peu, nous tentions d'avaler un café d'une force incroyable qui aurait rendu le Roi Arthur, un habitant du coin, insomniaque pour des siècles. Gilles, notre hôte rayonnait. Il était ravi de nous recevoir. Ils nous avaient sorti d'épaisses serviettes pleines d'une bonne odeur de lavande, et nous avions pu nous sécher. Il était vieux gars mais ne se laissait pas aller. Il prétendait savoir repasser, coudre, cuisiner...

Mais comme le beau temps revenait, nous décidâmes d'attendre Gauthier en marchant un peu. Nous voulions surtout savoir où Djedjica et son mystérieux compagnon avaient planqué les chevaux. Si on trouvait les montures, les cavaliers ne seraient pas loin. On remercia chaleureusement Gilles qui faisait une mine dépitée. Nous n'avions pas encore goûté à son gâteau...

La ferme du voisin se devinait au bout d'un chemin qui longeait un bois. Cependant, j'étais plutôt partisan d'aviser Zoldan (en l'absence de son patron, il était devenu, responsable de l'enquête), de la présence des fugitifs à proximité de Paimpont. Agathe, bien sûr, était de l'avis contraire.

- Allez, Bastien, qu'est-ce qu'on risque ?

- Tout ! De se prendre un mauvais coup et de tout faire foirer, rétorquai-je un peu agacé.

- Et demain, nos oiseaux seront envolés.

- Mais peut-être que non, argumentai-je en continuant à avancer.

Nous marchions sur la route quand de la ferme, sortit une fourgonnette blanche, tout à fait dans le type qu'utilisent les exploitants agricoles. Nous n'eûmes que le temps de nous intéresser d'un seul coup, à la flore locale. Le véhicule passa en trombe derrière nous alors qu'accroupis autour d'un massif vide de tout végétal, nous adoptions l'attitude des herboristes amateurs. Mais je risquai un oeil vers l'engin qui disparaissait vers la forêt. Agathe s'était déjà retournée vers la fourgonnette.

- C'est le chauffeur du camion, s'écria Agathe. Donc...

- Djedjica est seule avec ses chevaux, grouillons-nous, m'exclamai-je en pressant le pas.

- A mon avis, dit Agathe, le gars est parti avec le fermier réparer le van.

- Ouais, à tous les coups.

- Librement ou sous la contrainte, ça, peu importe.

Le chemin qui menait vers les corps de ferme fut couvert en dix minutes. Nous nous perdions en supputations concernant Djedjica. Serait-elle plutôt agressive, voire armée et prête à se défendre ou au contraire résignée à mettre fin à cette cavale pitoyable ?

Nous pénétrâmes à l'intérieur d'une cour après être passés sous une voûte de pierre. Le manoir avait beaucoup de charme mais, à cette heure-ci, nous ne pensions pas à faire du tourisme. Mon coeur battait fort dans ma poitrine et je regardais Agathe pour trouver dans son attitude quelques motifs d'encouragement. Mais elle s'avançait sans faillir vers une porte ouverte qui devait être celle des écuries. Des fétus de paille flottaient dans une grande flaque devant l'entrée. Et des traces de fer à cheval s'entrecroisaient au seuil de la grange.

- Djedjica, es-tu là ? Je suis Agathe du club et je viens en amie, répétait-elle en avançant vers l'obscurité du bâtiment.

Je m'efforçais de trouver la même assurance que ma partenaire mais je ne pouvais prononcer le moindre mot. Ma bouche était pâteuse comme celle de Gilles que l'on venait de quitter. Et mon palpitant montait en sur-régime. Je marchais trois mètres en arrière de ma camarade.

Nous étions maintenant au milieu d'une salle qui comprenait une grande stabulation où deux chevaux nous contemplaient entrouvrant de grands yeux. C'étaient les montures de la fugitive. Ils paraissaient en bonne santé et tendaient vers nous leurs longues encolures. Ils furent remerciés de leur familiarité par de grandes caresses de la part d'Agathe. Celle-ci trouva même des sucres au fond de sa poche pour le plus grand plaisir des animaux. Ils croquèrent avec délices et à grands bruits, les cailloux délicieux.

- Bon, maintenant trouver la proprio, déclarai-je en jetant un regard circulaire sur l'endroit.

- Oui, elle est forcément quelque part.

- Dans la maison d'habitation, logiquement.

Il nous fut facile d'identifier le logis. Un escalier de pierre montait à une porte d'un joli bleu. Des rideaux blancs aux carreaux. Tout paraissait calme et serein. Agathe se présenta la première à l'entrée du logement. Elle s'apprêtait à taper aux carreaux quand elle suspendit son geste. Elle me fit signe d'approcher.

Je m'immisçais entre elle et la porte. A travers la vitre, je distinguais un poste de télévision allumé dans un angle d'une large pièce et un spectateur de trois quarts dos, les yeux rivés sur l'écran. Un très joli visage au profil régulier, des lèvres pulpeuses mais sans excès, des cheveux longs bouclés très noir, implantés haut sur un front expressif et des prunelles noisette vibrantes d'émotion. C'était Djedjica.

Qu'allions-nous faire ? La surprendre pendant cette pause où la fugitive semblait se reposer des dernières péripéties ? Où téléphoner à la police pour qu'elle vienne l'arrêter ici ? Mais serions-nous pris au sérieux par des fonctionnaires qui, à quatre-vingt kilomètres de Saint-Brieuc, devrait vérifier que la personne en question était bien recherchée ?

Nous en discutions à voix basse quand un bruit de voitures parvint jusqu'à nous. Agathe prit alors la décision de rentrer dans la maison. Je la suivis.

- Djedjica, c'est moi, commença-t-elle sur un ton bienveillant.

Mais cette prise de contact tout en douceur fit sursauter la jeune femme qui hurla en bondissant de son canapé. Elle recula vivement vers le mur, les yeux exorbités, le visage crispé où la colère et la terreur s'entremêlaient.

- Allez-vous-en, s'exclamait-elle. Il va vous trouver et ça va être terrible !

- De qui parles-tu, de... ? s'inquiétait Agathe.

- De mon oncle, il va revenir et là, il ne va pas être content. C'est d'ailleurs lui qui revient.

Sa voix, un rien enfantine, me fit mal. Je m'imaginais une gosse battue. Puis comme le bruit persistait dans mon dos, je me retournai vers la porte ouverte. Un véhicule pénétrait dans la cour. Mais ce n'était ni le camion, ni la fourgonnette. Seulement, une voiture basse et longue, d'un élégant vert bronze. C'était Gauthier, le fils de mon amie.

- Ah, le fiston, constata la mère qui jeta un rapide coup d'oeil vers l'extérieur. Il a dû être envoyé ici par Gilles. Bastien, tu lui expliques. Je reste avec Djedjica.

Le jeune homme qui sortait de la voiture était grand, plus grand encore que sa mère. Un gaillard filiforme, un peu voûté, avec une barbe blonde de deux jours qui lui donnait un côté artiste du plus bel effet. Les yeux bleus de sa maman.

- Bonjour, vous êtes Bastien, sans doute ?

- Et vous, Gauthier, c'est ça ?

- Enchanté, mais est-ce que vous pouvez m'expliquer ce qu'il se passe ici ? Maman a des ennuis ?

Je lui expliquai dans les grandes lignes l'affaire tout en me rapprochant de l'escalier de pierre. Il me suivait avec un air étonné. Arrivés au seuil de la porte, je lui conseillai de se montrer très neutre. Je voulais surveiller ce qu'il se passait entre sa mère et Djedjica sans pour autant me mêler de leur conversation. Avant de tourner la poignée de la porte, je jetai un coup d'oeil à l'intérieur. La fugitive était maintenant assise sur une chaise, la tête basse, les mains sur les cuisses dans une attitude de total abandon et semblait pleurer.

- Bonjour, M'man, dit le garçon, tout va bien ?

- Oui, ça va, répondit la mère en baissant le ton. Vous allez m'attendre dehors, je vous expliquerai plus tard. Bastien, téléphone à Zoldan, démerde-toi pour l'avoir.

Ce fut à ce moment-là que le camion entra à vive allure dans la cour. Son chauffeur pila dès qu'il aperçut notre trio sur le seuil de la maison. J'eus le réflexe de rentrer et Agathe, celui de sortir et de descendre. Gauthier resta sur le perron, les bras ballants.

Djedjica se mit à crier dans mon dos et eut la velléité de me bousculer pour elle aussi sortir. Je lui barrai le passage et lui fis face. A ma grande surprise, elle rebroussa chemin sans m'affronter (pour une fois que ma sale gueule me servait à quelque chose...) et alla s'accroupir pour se cacher derrière le canapé. Elle paraissait terrorisée. Ses pleurs redoublèrent.

Que s'imaginait Agathe ? Obtenir par le dialogue la reddition du grand type, la soixantaine, les cheveux noirs bouclés où seules quelques mèches grises attestaient de son âge ? Peut-être se sentait-elle d'attaque pour parlementer avec le gaillard qui grimaçait de fureur à vingt mètres d'elle ? Elle n'en eut pas le temps. Son interlocuteur potentiel, s'apercevant que Djedjica était retenue à la maison, bondit dans la voiture de Gauthier. L'insouciant garçon (mais pouvait-on vraiment le blâmer d'avoir laissé les clés sur le contact et la porte ouverte de sa voiture ?) cria au voleur mais ne fut pas écouté. Il vit la belle coupée, offerte par son papa, faire une rapide manoeuvre sur le gravier de la cour et s'engager vers la sortie.

Les choses auraient pu et dû en rester là... Mais Agathe, furieuse d'avoir été ignorée par l'oncle de Djedjica, dégaina son pistolet à grenaille et fit feu sur la belle sportive étincelante. Trois fois ! Au grand dam de son fils qui vit la carrosserie verte se consteller d'impacts. Il n'en revenait pas de voir sa gentille maman se comporter comme l'inspecteur Harry...

Le bolide ne fut ralenti en rien par les projectiles. Il le fut beaucoup plus en percutant l'aile de la fourgonnette qu'il ne put éviter complètement alors qu'elle regagnait la ferme. Cependant, malgré un bruit sourd, le fuyard poursuivit sa route. Sa voiture produisait un désagréable grincement mais on le vit filer sur la petite route et prendre à gauche au carrefour, direction Rennes.

La gendarmerie alertée par le propriétaire des lieux vint dans la demi-heure. Zoldan, une heure et demie après. Il était furieux comme jamais. A faire peur.

Il s'ensuivit une très longue après-midi et même un début de soirée des plus pénibles. Les gendarmes, empêtrés dans une affaire qui les dépassait, ne supportaient pas bien du tout la présence de l'adjoint du commissaire Delaporte. Les dépositions de tous les protagonistes s'éternisèrent. La maréchaussée se refusait à laisser faire son collègue de l'intérieur. Il fallut une intervention téléphonique musclée du divisionnaire pour interrompre les échauffourées verbales des uns et des autres. Sans compter les cris rugueux du propriétaire de la ferme qui voyait son bien envahis par des véhicules de toutes sortes et sa fourgonnette bien amochée par le voyou qui l'avait emboutie.

Quant à Gauthier, il était plongé dans une grande perplexité. Plus de voiture et sa maman, cuisinée depuis deux heures par un brigadier et un adjudant qui voulaient savoir pourquoi elle était armée et pourquoi elle avait fait usage de son arme... J'essayais bien de le réconforter mais mon moral vacillait. De surcroît, j'avais terriblement faim et soif.

Il restait Djedjica. En attendant les forces de l'ordre, elle avait déjà révélé à Agathe l'essentiel de son histoire. Ses dires étaient entrecoupés de sanglots déchirants. Écroulée sur le canapé, elle s'efforçait de se faire comprendre et je tentais de retenir l'essentiel en évitant de trop m'approcher pour ne plus effrayer encore un peu plus la pauvre jeune femme.

- Voilà, Agathe, maintenant que tout est fini, enfin, en

ce qui me concerne, je peux te dire que cette cavale a été épuisante. Mohamed, mon oncle, est le frère aîné de maman qui elle est morte quand j'avais cinq ans. Maladie, je crois. Je n'ai jamais vraiment su. Et mon père, je ne l'ai pas connu. Maman n'a jamais voulu me dire qui c'était, mais d'après mon oncle, ce serait quelqu'un d'important. Mais qui ? J'ai bien peur de ne jamais le savoir.

- Mais tu as bien été adoptée ?

- Par Pierre Leblanc, oui. Je me suis retrouvée orpheline et à l'époque, mon oncle était en prison.

- En taule ?

- Pas pour meurtre, rassure-toi.

Le terme me laissait perplexe. Et je vis à la moue d'Agathe qu'elle pensait la même chose que moi.

- Tu me diras, je ne connais pas la raison de sa condamnation. Mais, un an, ce n'était pas pour assassinant, ajouta Djedjica.

- Donc, Leblanc...

- Adorable, il s'est occupé de moi comme si j'étais sa véritable fille. Il était veuf, sa femme tuée des suites d'un attentat. Enceinte. Terrible.

Elle entrecoupait son récit de longs silences pour se moucher ou essuyer les larmes qui dévastaient ses yeux magnifiques. Elle était belle et tellement touchante.

- Oui, je disais, reprenait-elle après un soupir ?

- Ton père adoptif...

- C'est ça. Papa, je n'ai vraiment réussi à l'appeler ainsi qu'à mes quinze ans. Il avait accueilli la famille de maman ou ce qu'il en restait à la fin de la guerre d'Algérie. Nous étions des Harkis. Vous connaissez ?

- Assez bien, dis-je pour inciter la joie brune à poursuivre.

J'avais eu l'occasion d'instruire Agathe sur le sujet.

- Papa a eu le malheur d'assister aux massacres dans un village. Il avait les ordres de ne pas s'occuper des malheureux qui avaient suivi la France dans le conflit. Mais, il n'a pas pu rester les bras ballants et contempler les horreurs des règlements de compte. Il a pris sur lui d'intervenir et il a caché maman et son frère, mon oncle, qui étaient des gosses perdus au milieu des cadavres de leurs parents, égorgés pour les hommes, voire pires et violées et torturés pour les femmes. Il m'a avoué quelques mois avant sa mort, en faire des cauchemars encore toutes les semaines.

Elle fut prise d'un nouveau sanglot puis reprit.

- Et il les a ramenés en France. Comme il est resté officier, il n'a pas osé adopter ma mère et mon oncle. Cela aurait nui à sa carrière, pensait-il.

- Il avait sans doute raison, on a rarement pardonné à ces hommes cette liberté de respecter la parole donnée, commentai-je en regardant la femme éplorée.

- Un manque de courage, aussi, peut-être, ajouta prudemment Agathe ?

- Oui, papa l'a admis sur ses vieux jours mais avec sa solde, il les a élevés en compagnie d'une dame de compagnie, veuve et sans enfants, installée depuis longtemps en métropole, bien avant la guerre. Elle est morte en 1974...Je ne l'ai pas connue. Et puis, maman est allée à l'école. Elle travaillait bien alors que mon oncle faisait ses premières bêtises. A vingt-deux ans, elle était infirmière. Très belle, elle avait beaucoup de succès avec les hommes. Un peu trop d'après, mon oncle. Puis, elle est tombée malade, trois ans après ma naissance. Une curieuse maladie dont on ne voulait rien me dire...

Le mot « honteuse » me venait à l'esprit. La pauvre femme, rescapée de l'horreur, avait-elle succombé au SIDA ? Je n'osais poser une telle question mais à la mine d'Agathe, peut-être y avait-elle pensé également...

Djedjica poursuivit.

- Alors, papa, ce coup-là s'est décidé. Il m'a adopté mais mon oncle voyait ça d'un mauvais ? Il ne s'est pas réellement opposé à la demande légitime de l'officier qui en retraite avait tout le temps de s'occuper de moi mais il est toujours resté très jaloux. Mais, était-il un bon exemple ? Enfin, il a bien voulu me laisser devenir Brigitte Leblanc, tant que mon oncle restait derrière les barreaux. Dès qu'il en fut sorti, il voulut que je redevienne Djedjica... Et cela ne s'est pas arrangé avec mon mariage, avec un corse en plus...

- Et ton père, que disait-il de tout cela ? demanda Agathe.

- Il trouvait que Mohamed était trop emporté, trop catégorique et totalement intransigeant. Il me surveillait, surveillait qui je voyais, après l'école, les mercredis après-midi et toujours avec la plus grande discrétion. Je savais qu'il me suivait mais il ne s'est jamais fait remarqué. Et comme j'ai toujours eu peur de lui...

Nous comprenions que la jeune femme était totalement sous l'emprise de cet homme. Et le portrait de celui-ci n'était pas des plus reluisants. Il paraissait un être aigri, traumatisé par les horreurs vécues dans sa petite enfance. Son parcours en témoignait.

- Et les amis de votre père, vous en avez vu à Saint-Brieuc ? demanda

Ma question sembla surprendre Djedjica. Elle prit un moment avant de me répondre.

- Papa n'a jamais eu d'ami. Je veux dire, de vrais amis ». Il est venu quelques types, des anciens d'Algérie, quelques fois à la maison. Mais mon père n'aimait pas bien se remémorer tout ça. Ils ne restaient pas longtemps.

- Et un certain Casimir ? poursuivis-je, l'air de rien.

- Casimir... Peut-être ?

- Un gars de la Vienne, Charroux, un fou de pin's, vous savez les épinglettes qu'on accrochait au revers des vestes...

Un long silence se fit. La jeune femme s'était calmée et cherchait dans sa mémoire.

- Ah oui, ça me revient. Un gros bonhomme, qui parlait fort et qui semblait mettre mal à l'aise Papa. Il est venu un week-end où j'avais un concours à Pontorson. Je l'ai aperçu juste avant que la maman d'une copine vienne me chercher pour partir. C'était la première fois où on m'autorisa à aller si loin. Avec tout le club, on a dormi à l'hôtel, c'était génial. J'avais gagné ce jour-là... C'était en...Je ne sais plus.

- Et ce type ?

- Pas revu.

- Et ton mari ?

- Il s'en fout de tout ça. Parti depuis six mois. Il ne vit plus à la maison mais chez sa maîtresse, à Paimpol. Il a eu la délicatesse de me laisser la villa. Tu parles...

Une question me brûlait les lèvres. Je luttais un moment pour la repousser mais je ne pus la contenir.

- Et le dentiste du centre équestre, un certain Robert ?

- Je l'aimais bien. Il était gentil avec moi. Nous montions souvent ensemble en carrière ou au manège. Puis, je ne sais pas qui a fait courir des rumeurs sur le fait qu'il sortait avec moi. Entièrement faux et ridicule. Je ne l'ai jamais rencontré qu'au centre équestre. Et sa secrétaire, une très jolie femme d'ailleurs s'entendait bien avec papa. Je les voyais bien finir ensemble, c'est deux là. Mais, il y a eu cet affreux accident, un soir d'hiver... Après, rien n'a été plus pareil. On a fini par quitter Saint-Brieuc et papa est tombé malade. Il a voulu finir ses jours en Anjou où il était né. Il est enterré à Pouancé. Je me suis retrouvé seule alors j'ai fait la bêtise de m'amouracher de Tonio. C'était stupide, je le sais maintenant...

La fugitive, qui venait de faire cette courageuse révélation, en avait fini avec les larmes. Elle continuait pourtant à tourner et retourner son mouchoir entre ses doigts. Puis elle leva la tête en direction de la porte. Gauthier et le fermier rentraient suivis d'un duo de gendarmes. Le premier des militaires salua rapidement l'assemblée, déclina son identité et son grade d'un ton affirmé.

- Adjudant Leclerc, je vais procéder aux premières dépositions. Veuillez ne plus quitter la pièce, s'il vous plait.

Les pénibles entretiens commencèrent et se poursuivirent jusqu'à la tombée de la nuit avec pour seul intermède, l'arrivée tonitruante de Zoldan.

Djedjica fut emmenée menottée. Agathe et moi plaidèrent pour lui éviter cette humiliation mais nos doléances restèrent lettre morte. Nous fûmes consternés de la voir partir ainsi. Zoldan ne voulut rien savoir. Il agissait conformément à la loi et n'accordait aucune mansuétude à la belle brune qui baissait la tête sur son infortune. La brutalité verbale du policier mit mal à l'aise toute l'assemblée. Et Agathe connut sa seule faiblesse de la journée en versant un torrent de larmes dans mes bras.

Elle parvint à se reprendre un instant quand son amie cavalière, les poings liés, lui demanda de prendre soin de ses chevaux. Elle le promit en avalant ses pleurs mais reprit ses sanglots quand Djedjica monta dans la fourgonnette de la gendarmerie.

Gauthier était lui aussi dévasté. Il ne réalisait pas ce qui se passait dans ce paisible coin de campagne. Et le vol de sa voiture n'était pas le dernier de ses soucis.

- Incroyable, je retrouve ma mère, au milieu de nulle part, armée comme un porte-avion (il exagérait un peu tout de même), elle tire sur ma caisse et on me vole cette dernière. Il y a maintenant des gendarmes et des flics qui s'engueulent, une splendide fille qui pleure, un type furieux qu'on lui ait démoli sa fourgonnette et j'en passe et des meilleures...

Où étais-je dans cet inventaire ?

A sept heures du soir, enfin, nous étions libres mais nous devions rester disponibles pour la justice. La cour de ferme se vida en cinq minutes de ses véhicules. Il ne restait que le camion, en piteux état, immobilisé pour raisons d'investigations supplémentaires et la fourgonnette éborgnée.

- Bon, le trio-là, commença le fermier, foutez-moi le camp. Je vous ai assez vu !

- Et les chevaux de…

- J'me occupe. Les bourrins, ça me connaît et de toute façon, le gras qui me les a mis là, m'a payé d'avance et j'ai donné ma parole que je veillerais sur eux. Et la gendarmerie m'a désigné comme détenteur officiel des animaux dans l'attente d'une décision. Vous n'avez plus rien à faire là ; dégagez.

Nous n'avions plus la force de parlementer. A peine la

force de marcher... Il fallait pourtant aller jusqu'à Paimpont. Trois kilomètres. Là, nous espérions trouver au moins un resto. Et les moyens de rentrer en Côtes-d'Armor pour Agathe et moi et à Rennes pour Gauthier. Ce dernier eut de la chance. Un bus partait pour la capitale bretonne à 20 heures. Il eut le temps de s'offrir un sandwich et une boisson et monta dans le car. Il embrassa sa mère avec un air accablé.

- Courage, mon fils, tu la retrouveras ta bagnole, déclara Agathe.

- Et au fait, la tienne, demanda le garçon.

- Quelque part en forêt... Je la signalerais à la gendarmerie demain et on verra s'ils veulent l'examiner. Et je porterai plainte ou pas...

Dans l'agitation des dernières heures, nous avions complètement oublié la berline au pare-brise fracassé. Mais, cela n'avait plus d'importance. Nous étions vannés, terriblement assoiffés et morts de faim. Nous nous empressâmes de rentrer dans le premier restaurant.

Et les ennuis continuèrent. Au milieu du repas, Agathe reçut un coup de fil de la gendarmerie. Sa voiture venait d'être incendiée. Elle se consumait au milieu de la forêt de Brocéliande. Un pur acte de vandalisme, précisait le brigadier qui après l'interpellation de Djedjica venait d'être sollicité à nouveau pour un étonnant feu au milieu des bois. Il pensait bien que le véhicule était celui de mon amie. Et de notre côté, nous étions persuadés que Mohamed était l'incendiaire.

A neuf et demie, nous n'en pouvions plus. Nous prîmes une chambre à l'étage et réservions un taxi pour regagner « notre Bretagne » à la première heure le lendemain.

Après les inévitables démarches pour porter plainte et les dépositions complémentaires, pendant un mois, nous n'entendîmes plus parler de toute cette affaire. Cela nous fit un bien fou. Agathe, ravie de son nouveau poste, s'efforçait de ne plus penser à tout ça. Et de mon côté, j'envisageais de vendre mon appartement qui était maintenant convoité par la municipalité pour en faire une maison témoin du moyen-âge. On me faisait comprendre que je possédais un véritable trésor archéologique et historique et que garder pour moi seul, ce patrimoine briochin exceptionnel relevait de l'égoïsme le plus scandaleux. Étais-je prêt pourtant à abandonner mon adorable quartier pavé du centre-ville ? Pas vraiment. Mais j'étais merveilleusement bien au manoir...

Puis, en plein printemps breton, Delaporte m'appela. On était sur le point de mettre un nom sur chaque trépassé de l'impasse. Le commissaire précisait que cela restait encore à l'état d'hypothèse pour les deux plus anciens clients du caveau improvisé mais que les choses avançaient. Il était plus catégorique pour le macchabée le plus récent. Une analyse ADN pour le cadavre du dessus réalisée à partir d'une vielle brosse à cheveux retrouvée dans un sac de voyage abandonné dans le grenier de sa maison à Charroux. Puis, une série de témoignages à propos d'un collaborateur notoire et milicien à ses heures exploitée par le tenace Zoldan avait persuadé ce dernier que « son client » était bien Robin de Planguenoual.

Et l'habitant « du dessous » pourrait bien être un notable, un notaire enlevé en 1895 dans son étude briochine et pour laquelle on avait exigé une rançon. Rançon versée et jamais retrouvée comme le corps de la victime d'ailleurs.

- Mon adjoint n'est pas le plus sympathique des hommes, affirmait Delaporte mais c'est un teigneux. Quand il se met sur une affaire, il lâche rarement.

- Et la fille de Leblanc, vous avez des nouvelles, demandai-je ?

- Quelques-unes... Mais que faites-vous ce soir ?

- Et bien rien de particulier. Mon amie est à Rennes pour l'après-midi et va passer la soirée avec son fils.

- Si on se retrouvait pour dîner chez votre copain Cédric ?

J'acceptai bien volontiers cette soirée dans ma chère ville.

Les médecins m'avaient donné la permission de conduire à nouveau depuis une semaine. Je quittai le bocage du Trégor mais retrouvai avec plaisir ma voiture et les rues étroites de la vieille cité briochine. Je me garai devant la cathédrale. Le quartier bruissait de bruits familiers. La Rue Fardel avait déployé son attirail de tables et une foule joyeuse déambulait dans l'air doux du printemps revenu sur la Bretagne. Un orchestre de jazz se mettait en place sous les anciennes Halles. La place Louis Guilloux retrouvait la faune étudiante des jeudis soir et les bouteilles commençaient à se vider avec une frénésie décuplée par l'approche des premiers examens.

Mon pote cuistot était à sa porte pour sa dernière clope de la soirée. Il allait attaquer son service et profitait de cinq minutes de tranquillité avant le coup de feu.

- Tiens, Bastien, comment vas-tu ? Ton bras, remis ?

- Oui, parfaitement, tu vois. Je peux à nouveau lever le coude...

Il ria de ma boutade mais plus sérieusement, depuis que je fréquentais Agathe, j'avais fortement diminué ma ration journalière de whisky.

Delaporte n'était pas encore là. Je pris le temps de flâner un peu. Et inévitablement l'impasse m'attira. Je traversai la place, redescendis la rue en pente sur quelques mètres et m'engageai dans la ruelle gagnée par la mousse. Un grillage, bien solide celui-ci, délimitait la zone où avait été mise à jour le mystérieux souterrain. Un panneau indiquait la nature des travaux de réhabilitation du site. Plus question de construire quoi que ce soit ici. Je m'apprêtais à rebrousser chemin quand je vis sortir de chez lui Le Graét. Il portait toujours sa rigoureuse casquette de loden et ses lunettes rondes des plus sévères.

- Monsieur Le Gall, quel vent vous ramène dans notre quartier ? dit-il en me tendant la main.

- Celui de la curiosité, répondis-je en acceptant son salut.

- Oui, c'est très étonnant, cette affaire. Je dois avouer que j'ai eu beaucoup de mal à l'admettre..

- Quoi, de quoi parlez-vous, surpris par les propos du type ?

- Ben, du trucidé du milieu ! Le collabo ! Mon père en parlait sans doute dans ses délires des semaines avant sa mort. Il cria : « saigne-le, saigne-le ». Une horreur. Je savais qu'il avait été boucher, ben comme v'te père d'ailleurs mais je pensais qu'il parlait de cochon ou de veau. Je n'imaginais pas autre chose...

- Et vous croyez qu'il a participé à... un meurtre !

- Et pourquoi pas ? On ne le saura jamais. Bien sûr, je l'ai dit aux flics mais pour ce qu'ils comprennent ces cons-là...

Les soudaines révélations du personnage me laissèrent franchement perplexe. Il se moquait de moins, sans aucun doute. Et cette allusion à mon père m'était franchement désagréable. Quant aux cons de flics, ils auraient certainement apprécié le compliment. Pour qui se prenait-il cet animal-là ? Je le regardai avec suspicion.

Puis, il soupira longuement et lissa d'un geste nerveux la visière de sa casquette.

- Enfin, notre tranquille impasse qui a servi de cimetière à des gars qui avaient peut-être mérité leur sort garde encore bien des mystères, conclut-il d'un ton professoral agaçant.

Et sur ces bonnes paroles, il fit demi-tour et regagna sa maison.

Il m'horripilait ce bougre-là avec ses grands airs, ces grandes phrases et sa morgue insupportable. Je rejoignis le resto de Cédric en bougonnant. Mais sur la place, l'ambiance était à la fête. Les étourneaux avaient investi l'arbre qui venait à peine de retrouver ses feuilles et celui-ci résonnait de leurs piaillements exacerbés. Au sol, les gamins produisaient un bruit identique. Et les déjections vitrées tombaient régulièrement sur les pavés. Au rythme des fientes qui décoraient les branches basses de taches blanches.

- L'ouvrier municipal ne manquera pas de boulot demain matin, dit une voix derrière moi.

C'était Delaporte qui venait d'arriver. Il paraissait en forme mais une nouvelle cicatrice lui barrait la joue.

- Mon chirurgien s'est donné du mal, dit-il. Ça devient compliqué de me faire un sourire.

- L'important, c'est que vous alliez mieux, répondis-je en lui serrant la main.

- Allez, rentrons nous mettre à table, j'ai faim.

Le dîner fut un grand moment de fraternité. Je retrouvais un ami dans le commissaire. Nous discutâmes beaucoup de l'affaire mais de nos vies aussi. Il continuait à fréquenter assidûment la belle Cathy. Elle avait même tenu à l'accompagner à Montrouge pour le soutenir dans ce déplacement qui n'avait rien de touristique.

- Je crois qu'elle commençait à s'attacher à Leblanc avant que l'accident mette fin à cette histoire. Elle m'en parle souvent.

- Mais imaginez que Khellif ait saboté la voiture

pour en finir avec le soi-disant pervers de Robert et que Leblanc l'ait appris... Leur histoire ne pouvait pas se prolonger.

- Vous pensez que Leblanc aurait eu honte ou du moins se serait senti coupable ?

- Ah, certainement !

Un silence se fit. Je voyais bien que Delaporte réfléchissait à cette possibilité. Puis, il reprit la parole.

- On finira bien par mettre la main sur ce type. Un moment ou un autre, il réapparaîtra ...

- Souhaitons-le et espérons que par là même, il disculpera sa nièce, la pauvre Djedjica.

Cette dernière était toujours incarcérée pour différents chefs d'accusations : entrave à la justice, complicité de meurtre, complicité d'agressions... Les motifs ne manquaient pas. Toutefois, si son oncle prenait à son compte, la plupart des faits, son cas pourrait évoluer. Nous l'espérions tous les deux car nous restions sensibles à l'histoire de la jeune femme. Elle avait eu son lot de souffrance.

A neuf heures trente, on appela Delaporte sur son portable. Je pensais à un coup de fil d'un collègue. Ce n'était que Catherine qui espérait son retour.

- Bon cher ami, je vous laisse. Offrez-vous un digestif de ma part. Vous êtes mon invité. Cédric a pour mission de ne rien accepter de vous. Il commence à me connaître. J'ai mes habitudes ici.

- Mes amitiés à Cathy, déclarai-je en lui serrant la main.

- Je n'y manquerais pas.

Et il sortit de la salle du restaurant qui commençait à se vider de ses convives. Cédric en profita pour s'attabler avec moi, un moment. Il vint avec deux verres à

Cognac et un flacon des plus prometteurs.

- Tu verras, celui-là, c'est du sérieux dit-il en me montrant l'étiquette de la fiole.

Effectivement, le nectar s'avéra de bonne cuvée. A tel point que nous dépassâmes la dose prescrite. Je trouvai raisonnable en sortant de l'établissement de mon pote cuistot de me dégriser en arpentant les rues de ma ville. Je descendis la rue Fardel, toujours aussi sympathique en ces premières soirées printanières puis la place du Martray et la rue Houvenage pour gagner le quartier Saint-Michel. J'avais l'intention de passer devant l'église et de couper à travers les rues tranquilles de la butte pour en redescendre par les escaliers de l'Alfred (de Musset bien sûr). Les marches me ramèneraient vers le boulevard du Légué. Il me suffirait après de remonter jusqu'à la cathédrale. Une petite heure, tout au plus.

La nuit promettait d'être calme. Les merles, émoustillés par une lune éclatante, s'égosillaient à la cime des arbres, pensant sans doute que le jour allait revenir à l'appel de leurs chants. Les lampadaires diffusaient une lumière orangée qui attirait les hannetons bourdonnants. Les chauves-souris dessinaient des arabesques nerveuses autour de ces puits de lumière qui leur fournissaient des repas faciles. Les habitants finissaient de dîner, les fenêtres ouvertes, ravis de la douceur revenue. Je percevais des bruits de conversation et j'avais l'impression de reprendre pied dans ma ville, entouré de sons familiers et joyeux.

Ma boucle se terminait sur les hauteurs. Il fallait maintenant que je regagne les vieux quartiers par la voie la plus directe, les marches de granit qui s'accrochaient aux pentes.

Voilà, les escaliers commençaient là, à dix mètres de

moi. La pénombre se densifiait en plongeant dans le goulet étroit qui descendait.

Soudain, je crus distinguer un mouvement dans l'ombre. Un chat, à coup sûr. C'était ça, un affreux matou noir tout pelé qui me regardait en baissant la tête de méfiance. Il se traîna vers un trou dans la haie d'un jardin et disparut. Je n'ai jamais beaucoup aimé ces bestioles-là. Trop indépendantes, trop mystérieuses.

Arrivé au sommet de mon escalier, je perçus un courant d'air froid montait des profondeurs. Une senteur de mousse, d'humidité, de pourriture douceâtre masquait les effluves floraux. Ça sentait la cave. Une odeur pas franchement désagréable mais un peu déprimante. Ensoleillée que quelques heures par jour, la paroi exposée au nord possédait des effluves de terre et d'humus.

Je remontai mon col et commençai ma descente. Les volées de marche se brisaient tous les cinq mètres et les angles des murs avaient une brutalité toute minérale. De plus, quelques lampadaires vandalisés ne fournissaient plus de lumière sur de longs passages obscurs. Et pour clôturer le tout, d'épais nuages venant de la baie envahissaient le ciel, masquant la lune joyeuse qui m'avait accompagné jusque-là. Je fus à deux doigts de remonter les marches et de rebrousser chemin. Mais comme j'étais presque à mi-pente, je persistai.

Ce fut à ce moment que j'entendis dans mon dos, une course rapide. On venait sur moi. Mon palpitant semblait n'attendre que cela pour s'emballer. Dans un réflexe inouï, je me plaquai contre le mur froid de l'escalier au moment où un bras allait me frapper. J'aperçus l'éclair étincelant d'une lame par un revirement soudain de la lune. Mon agresseur surpris ou emporté par son élan, glissa sur une marche et alla percuter de plein fouet, une arête de granit. Sa tête porta sur la pierre avec un bruit sourd. Il s'effondra et son couteau rebondit avec un tintement métallique sur les marches.

Une coulée de sueur froide me tétanisa. Le souffle coupé, le coeur au plus haut de sa chamade, je restai pétrifié à regarder le corps d'un inconnu qui geignait à mes pieds. Il me fallut du temps pour retrouver mes esprits. Puis, je sortis fébrilement mon téléphone de la poche de mon blouson et appelai la police. On décrocha tout de suite. J'expliquai brièvement mon problème à un planton qui me demanda mon numéro. Il me demanda de raccrocher et d'attendre la prise de contact de patrouilleurs qui allaient me porter secours.

Toujours plaqué contre le mur de l'escalier, les jambes en coton, je contemplai l'homme qui maintenant se recroquevillait insensiblement, ramenant ses genoux à son ventre. Il râlait toujours. Combien de temps ai-je attendu comme ça, incapable du moindre geste ? Puis, on m'appela. Je donnai ma position comme un naufragé espérant les secours et on me promit une intervention rapide. Encore un quart d'heure et des bruits de pas montèrent. On allait me tirer de là. Quand, d'un seul coup, le type se releva en s'appuyant des deux mains au mur et me montra son visage en sang, les yeux exorbités, un rictus de haine sur le visage. C'était Khellif, l'oncle de Djedjica. Il était grand, sec, et d'une dureté incroyable.

Il perçut alors les sons qui venaient sur nous. Comme il n'avait sans doute pas les jambes pour remonter les marches, il décida de dévaler les escaliers. Il allait à tout coup se jeter dans les filets de la police. Je le vis disparaître dans la pénombre. Il y eut un bruit de galopade, des cris, des sommations et un coup de feu.

La détonation me fit sursauter et bondir hors de ma retraite dans un angle du mur. Je descendis les marches mais je réussis qu'à mettre le pied sur le couteau et me vautrer de tout mon long sur le granit. Une douleur effroyable à la cheville me fit tourner de l'oeil.

Je ne repris mes esprits que sur la civière qui me hissait dans le véhicule des pompiers. Je reconnus alors des visages familiers. Agathe, qui ne me voyant pas rentrer au manoir, s'était mise en route pour Saint-Brieuc, persuadée qu'il m'arrivait, encore, des ennuis... Puis, la figure moins réjouissante de Zoldan qui faisait partie de l'escouade de flics qui était venue m'aider. Par chance, si l'on pouvait dire, il était dans le secteur... en train de verbaliser Karl, le patron du bar du Légué qui ne respectait pas les horaires de fermeture de son établissement.

Et Khellif ? En état de choc. Il avait pris une balle dans le buffet. Perforation du poumon droit. Très affaibli mais les médecins espéraient pouvoir le sauver. Et en ce qui me concernait, entorse de la cheville gauche. Mon pied s'était posé sur le couteau et sur une belle plaque lisse de granit, c'était imparable. Au moins un mois d'arrêt...

Néanmoins, je pus sortir de l'hôpital en fin de journée, le lendemain. Agathe jouant une fois de plus les infirmières. Delaporte passa me voir, afin de préciser ma déposition.

- Alors, mon vieux, commença-t-il. Après une épaule, un coup sur le crâne, maintenant c'est la cheville ? Faites gaffe, vous allez finir par vous faire mal...

- Pourtant, je ne fais que de marcher dans ma ville, répliquai-je avec fatalité.

- Ah au fait, votre copain qui vous a détruit l'épaule, je crois savoir qui c'est...

- Et le gagnant est ?

- Le fils du divisionnaire. Il a appris par son père que l'on avait retrouvé des pièces dans les décombres de la maison du crime. Et comme il est collectionneur... Je l'ai croisé chez lui, à l'occasion d'une visite. Il avait un énorme coquard sur la figure. Un grand type, pas sympa, assez baraqué. Mais évidemment, on étouffe l'affaire...

J'étais quelque peu scandalisé.

- Vous ne trouvez pas que c'est un peu fort, déclarai-je ?

- On n'en saura jamais rien de toute façon, précisa le commissaire. Et à part, vous avoir bousculé, si c'est lui, et avoir détruit une porte et saccagé une scène de crime..., le sinistre reste faible, ajouta-t-il en riant.

- Vous me faites marcher, commissaire, c'est ça ?

Il éclata de rire. C'était vrai que le rejeton du divisionnaire s'était cogné à un mur, en glissant, prétendait-il mais cela suffisait-il à faire de lui un voyou ? Et quel policier irait se risquer à approfondir la chose sans redouter, en représailles, une mutation dans la Creuse !

Nous passâmes un bon moment dans le grand salon du manoir. Agathe me bichonnait et mon ami de commissaire me charriait copieusement.

Puis, trois jours après son arrestation, l'état de Khellif s'aggrava. Il faisait une infection nosocomiale et une grave pleurésie se déclara. Il sentait ses dernières heures arriver. Il décida alors de tout dire à Delaporte. Je n'étais pas autorisé à entendre ces déclarations mais le commissaire me raconta deux jours plus tard, en détail ce qu'il s'était dit dans la chambre du moribond.

- Pour commencer, Mohamed Khellif n'est pas l'oncle de Djedjica mais son père !

Ça débutait fort.

- Oui, le garçon recueilli avec la mère de Djedjica n'était en rien son frère. Un voisin, orphelin, traînant avec d'autres gosses dans une rue du village au moment de l'attaque des partisans du FLN. Ses parents seraient morts quelques jours plus tôt dans une fusillade.

- Et Leblanc a recueilli les gamins sans se poser plus de questions, constatai-je.

- Exactement. Il y avait urgence si on voulait sauver la tête de ces deux innocents... Et les deux gamins ont été considérés comme frère et soeur. Ça arrangeait tout le monde jusqu'à l'adolescence, du moins, je le suppose... Khellif n'est pas allé jusqu'à me préciser quelque chose d'aussi intime...

- Et inévitablement, les deux rescapés sont tombés amoureux l'un de l'autre...

- Tout à fait : ils étaient déjà tellement proches. Mais Leblanc n'a pas compris la chose comme ça. Il les considérait du même sang. Alors, il a éloigné le garçon chez un lointain cousin dans une banlieue sordide. Un échec total. Les premières conneries de l'ado rebelle n'ont pas traîné. Et après un placement dans un institut, à sa majorité, il est revenu chez Leblanc, du moins pas sous son toit mais à proximité et il a renoué avec la mère de Djedjica qui, d'ailleurs, commençait à mal tourner.

- Question homme, sans doute.

- Pas que ça et Leblanc ne s'en sortait plus. Il a très mal pris la grossesse de sa protégée. Alors il a fait la bêtise de dénoncer Khellif pour un vol de voitures.

- Imaginaire, le vol ?

- Non, non, tout à fait réel. Mais le gars n'a pas apprécié. Derrière les barreaux pour la naissance de sa gosse. Leblanc avait une dette envers lui, c'était idiot. Parce qu'il en est ressorti de la taule. Et forcément après ça, Leblanc n'avait plus aucune marge de manoeuvre surtout que la fille aimait follement Khellif. Et cet imbécile n'a pas trouvé mieux que de recommencer à trafiquer pour procurer de l'argent à sa dulcinée qui était...

- Droguée ?

- Eh oui. Bonjour l'horreur ! Il lui fallait sa dose quotidienne. Elle n'allait plus bosser à l'hôpital et elle a contracté le SIDA. C'était la totale. Mohamed tomba à nouveau pour cambriolage et retour en prison. Leblanc n'a rien pu faire pour sauver sa protégée. Les trithérapies n'étaient pas aussi efficaces que maintenant. Elle est morte pour les cinq ans de sa fille. Et Leblanc a adopté la gosse.

- En quelque sorte pour se racheter.

- C'était un peu tard ! Vous parlez d'un pataquès familial. Un panier de crabes où tout le monde manipulait tout le monde. Car la gosse, de mon point de vue, a mené par le bout du nez ses deux pères, le biologique et l'officiel. Un désastre.

Il marqua un temps d'arrêt dans son récit puis sur un ton plus fataliste, il poursuivit.

- La proximité de la mort fait souvent dire aux malheureux ce qui les hante, ce qui les angoisse au plus profond de leur âme. J'ai souvent recueilli plus de ces paroles que bien des prêtes ou que des avocats. Et il m'est arrivé de garder pour moi, des secrets de mourants. Tant que ces révélations ne mettaient pas en jeu la vie de ceux qui restaient. Ce que m'a dit Khellif me donne à croire qu'il est au bout du rouleau, à la fin de son errance. Par contre, il s'est efforcé de ne rien dire ni de Leblanc, ni de sa fille. Du moins, jusqu'à maintenant.

Agathe rentra de son boulot à ce moment-là. Elle appréciait Delaporte. Elle le trouvait d'une grande franchise et encore plus laid que moi. Etait-ce pour autant un compliment ? J'en doutais mais c'était sa manière de me taquiner. « Tu me diras, avec son expression habituelle, entre vous deux, je ne sais pas lequel l'emporte sur la dérision ».

- Alors, messieurs, de quoi discutez-vous ? De la beauté des choses ou de l'horreur des affaires criminelles ?

- Et pourquoi pas l'inverse, répliqua Delaporte en se levant pour saluer l'élégante blonde qui posait son sac sur la table ?

Elle ria de la répartie du policier et proposa de prendre l'apéritif.

- Ne vous interrompez pas pour moi, précisa-t-elle. Je mets quelques amuse-gueules au four et je vous rejoins.

Il restait deux ou trois choses qui me tarabustaient dans cette affaire. Djedjica était-elle la gamine innocente ballottée par des vengeances d'adultes ? Ou avait-elle participé activement à certaines opérations sordides ?

Delaporte se gardait bien d'être affirmatif mais son instinct de flic lui disait que la femme cachait son jeu.

- On peut tout à fait envisager qu'elle ait exigé le meurtre de Grégorin, dit-il en prenant le verre que lui tendait Agathe, revenue de la cuisine. Merci, vous êtes adorable.

- Et le dentiste, tant qu'à faire ? objecta mon amie.

- Non, sur ce point, il m'a affirmé que ce n'était pas lui qui été intervenu sur la voiture. Il ne savait même pas que le véhicule dont s'occupait son collègue était celui du dentiste. On peut donc supposer que Djedjica n'a rien entrepris de ce côté-là, précisait Delaporte. Et pour finir, il m'a avoué aussi t'avoir assommé lors de ta venue à la villa et être passé par le souterrain pour dévaster ton appart. Il avait connaissance du passage depuis l'inhumation de Grégorin, tué lui aussi de sa main...

- C'est par hasard, alors qu'il a découvert le truc, demandai-je ?

- Tout à fait, en creusant la tombe du type, le sol s'est effondré. Et il admet qu'il a fait à cette occasion une rencontre des plus macabres. Un corps déjà là.

- Et Djedjica, complice de ce meurtre ?

- Non, Khellif affirme que non. Elle était partie en concours, comme elle vous l'a dit. Ça concorde. Elle n'aurait ni participé à l'élimination de l'ignoble Casimir ni à celle du dentiste.

Agathe soupira de soulagement. Elle s'assit sur le canapé, à mes côtés et dit :

- Je préfère ça, car Bastien, tu te souviens de sa confession concernant le cavalier. Elle avait tous les accents de la sincérité.

- Exact, répondis-je. Je vais dans ton sens. Si elle nous a fait un tel cinéma, c'est vraiment qu'elle est bonne actrice. Peut-être changerait-elle d'attitude si son père venait à mourir ?

Ma réflexion plongea notre trio dans le silence. Nous aimions bien Djedjica et d'envisager qu'elle nous ait bernés nous peinait. Il fallait pourtant ne pas écarter cette possibilité.

Puis Delaporte se leva et dit :

- Peut-être que Khellif n'a pas encore tout déballé. Ça l'épuise de parler et les toubibs nous ont mis dehors lors de la dernière séance. On repassera le voir demain, s'il est encore en vie...

Le lendemain, au lever du jour, Khellif entra dans une longue agonie. Il délirait. Delaporte et Zoldan étaient dans la pièce et prêtaient l'oreille aux paroles du moribond. Ils distinguaient difficilement les mots lâchés par saccades. Toutefois, le mourant répéta plusieurs fois « Sous le zèbre ». Puis, l'homme sombra dans le coma et mourut dans l'heure qui suivit.

- Sous le zèbre, mais qu'est-ce qu'il a voulu dire ?

La question taraudait l'esprit du commissaire. Il m'appela longuement pour me raconter les derniers instants de l'homme et me demander si cette mystérieuse phrase me disait quelque chose.

- Rien, commissaire, je suis désolé. Je crois que l'on peut mettre ces propos sur le compte d'un esprit tourmenté par la mort qui vient.

- Oui, bien sûr, mais cela doit pourtant correspondre à quelque chose, reprit Delaporte avec insistance.

- Et au fait, Djedjica sait pour son père ?

- Officiellement son oncle, cher ami, son oncle et nous ne pouvons pas lui permettre d'assister aux obsèques. Le juge n'a autorisé qu'une sortie de deux heures sous escorte pour qu'elle vienne se recueillir à l'hôpital. Le malheureux Khellif sera inhumé au carré des indigents.

La nouvelle me consterna. A tel point que j'en parlai à Agathe. Le disparu m'avait jeté dans un fossé après m'avoir assommé et avait voulu me trucider au couteau. Sans compter le vol de la voiture de Gauthier, retrouvée finalement dans l'Ille, la rivière qui passe à Rennes, et le lancer de marteau dans le pare-brise de la berline de mon amie... Mais, paix à son âme, il ne méritait pas de finir à la fosse commune. Nous fîmes le nécessaire et il eut droit à une tombe digne d'un chrétien. Mais n'était-il pas musulman ? Enfin, il arriverait au paradis, au purgatoire ou en enfer avec dignité. Après, à lui de jouer pour défendre sa cause avec ses hôtes de l'au-delà.

Djedjica, après cet épisode dramatique, fut transférée à Rennes. Et la tranquillité de notre coin de Bretagne reprit. Trois jours...

Un lundi, à l'ouverture de mon quotidien préféré, une disparition inquiétante fut signalée à la police de Guingamp. Un entrepreneur manquait à l'appel. Un type dont on ne s'était pas spécialement occupé dans toute cette histoire, entre les agissements des uns et des autres, entre Paimpont et Saint-Brieuc, Guingamp et Rennes. Le gars qui ne montrait plus sa tronche à personne depuis un mois, c'était un certain Bonitiovani. Le canard lançait un appel à témoins pour retrouver le chef d'entreprise.

Comme son associé pensait qu'il était en vacances, il ne s'inquiéta pas. Et la maîtresse du corse exilé en pays breton le croyait avec sa femme. En conséquence, avec la formelle interdiction de le joindre pendant ces jours-là, elle, non plus ne fit rien. Mais quand une grève se déclencha chez les salariés de l'entreprise à propos d'une prime non versée, on eut d'un seul coup besoin du patron.

Personne ne l'avait revu depuis un mois. On l'avait croisé un soir au centre équestre pour ramener les chevaux de sa femme à la maison. Il était venu en vélo de chez lui et faisait comme d'habitude. Il accrochait sa vieille bécane à l'arrière du camion. Et depuis, plus rien.

Zoldan pestait contre son supérieur. Il trouvait anormal que l'on le mette sur cette affaire. Il aurait préféré que ses collègues de Guingamp s'occupent du corse envolé.

- C'est dans leur attribution, grognait-il en direction de Delaporte.

- Oui, mais moi, je suis persuadé qu'il y a un rapport avec les *trucidés de l'impasse*. Allez faire un premier tour à la villa du gars. Vous y verrez peut-être quelque chose. Et pensez au zèbre...

L'adjoint pensa immédiatement que son boss avait déraillé. Le chirurgien avait dû emporter une partie du cerveau lors de son dernier coup de bistouri. Néanmoins, le policier se rendit sur les lieux. Il prit des photos, au cas où, retourna les tapis, bougea les sommiers. Et s'en retourna à Saint-Brieuc, persuadé d'avoir perdu son temps.

Le commissaire trouva la carte mémoire de l'appareil numérique sur son bureau accompagné d'un mot de l'adjoint.

- Rien remarqué mais c'est vous le chef vous allez sans doute faire mieux que moi.

J'étais justement avec le commissaire quand il prit connaissance des clichés. Il m'avait croisé, avec ma béquille, traînant la jambe dans mon quartier du centre-ville après une visite de contrôle chez mon toubib. Une ambulance était venue me prendre au manoir mais après ma consultation, j'avais souhaité marcher un peu sur les pavés briochins. Le taxi reparti, je fis un petit tour dans mes rues. Delaporte, en me voyant grimacer sous la douleur d'une cheville encore mal remise, avait tenu à me faire monter dans sa voiture. Il me promettait une tisane dans son antre du commissariat.

- Installez-vous, mon vieux et mettez-vous à l'aise pendant que je nous prépare la potion et que je mette en route le diaporama sur mon ordi...

- Votre adjoint vous nargue un peu avec ce billet d'un goût douteux, remarquai-je en lisant la prose de Zoldan.

- Oui, il vit très mal le fait que j'ai, pardon... que nous

avons résolu l'affaire des trépassés de l'impasse. Il vous aurait facilement imaginé en assassin, par exemple...

- C'est vrai que j'en ai assez la gueule mais je préfère me dire surtout que mon père est totalement étranger au meurtre du collabo Robin.

- Dites-vous que ce dernier a pris des risques inouïs et a déclenché la fureur d'un citoyen honnête. Votre paternel ou une autre... dit le commissaire en me tendant un verre d'une tisane des plus écossaises.

Puis, il cliqua sur la souris pour démarrer le diaporama. Les vues se succédaient à bon rythme. Des pièces, des chambres, une cuisine, une salle de bains, des toilettes, une autre salle de bains, le garage, le jardin. La villa des Bonitiovani était photographiée sur tous les angles. Pas de zèbre.

- Cette histoire de zèbre, vous y croyez vraiment. Ça paraît énorme, tout de même, déclarai-je avec bienveillance.

- Je dois reconnaître que plus ça va, plus j'en doute et cela ressemble de plus en plus à un délire de moribond.

Le diaporama entama son deuxième tour, puis un troisième. Je me lassais mais Delaporte gardait les yeux rivés sur l'écran. Soudain, il cliqua sur une vue du garage pour figer la vue. Surpris par l'initiative du policier, je me rapprochai de l'image. On y distinguait deux véhicules, au premier plan, un 4x4 de marque allemande et plus loin, une amusante méhari, sans doute utilisée pour se déplacer dans les chemins de terre.

- Le Gall, une bagnole comme ça, c'est pour faire des sorties en campagne, dans le désert, déclara avec emphase le policier.

- En Bretagne, le désert ? Je doute. Ou alors un désert

humain, vers les Monts d'Arrée.

- Non, vous vous égarez. Suivez mon idée, désert, sable, Afrique, safari et...

- Et... non, je ne vois pas.

- Zèbre. Regardez si on agrandit la photo. Vous ne voyez pas des rayures sur la carrosserie. Grossièrement recouvertes mais ce sont bien des rayures. Allez, je vous ramène au manoir et passant, bien sûr, par la villa.

Je n'en revenais pas. Il y avait effectivement des sortes de coulées foncées sur la tôle du véhicule. Ce n'était pas flagrant au premier regard mais plus je me concentrais sur l'image, plus cela me paraissait évident.

- Allez, cher ami, en voiture pour un petit safari guingampais.

Il prit dans un tiroir les clés de la maison des Bonitiovani et m'aida à m'extirper de mon fauteuil confortable. Puis, il me tendit ma béquille.

- Ne l'oubliez pas, elle pourra toujours vous servir pour vous défendre...

Le trajet fut vite couvert. Delaporte, excité par un rebondissement possible de son enquête, conduisait rapidement. En vingt minutes, nous étions devant la villa. Il ouvrit le portail et rentra son véhicule. Et il referma. Il ne souhaita pas faire affluer ici des curieux.

Je n'étais pas revenu depuis ma désastreuse visite qui m'avait coûté une bosse et un début de pneumonie. Je ne me souvenais pas des écuries, en partie masquées par une haie de thuyas. Beaucoup mieux du perron et du vestibule, carrelé de noir et blanc.

Nous descendîmes au garage, à l'arrière de la maison. Les véhicules avaient leur refuge confortable en sous-sol. On accédait à la remise par une petite pente goudronnée. Le 4x4 de marque allemande était rutilant.

Noir, haut sur pneus, magnifique. Il semblait snober la méhari à ses côtés. Celle-ci paraissait hors d'âge, sale jusqu'au châssis. Des traces de terre qui se mélangeaient à des fétus de paille et de foin. Un véhicule essentiellement utilitaire. Delaporte s'en approcha, ignorant le fier SUV, roi du garage. Il passa ses doigts sur le capot.

- Vous voyez, Le Gall, c'est très net. On a repeint dessus pour effacer les zébrures.

- Dans le but d'être plus discret, sans doute ?

- Peut-être, mais on en saura plus. Regardez l'autocollant à l'arrière : « Zoo de Trégomeur ». Un numéro, je vais les appeler.

Il dégaina son portable aussi vite que Lucky Luke son colt devant les Dalton.

- Bonitiovani a dû récupérer la méhari chez eux. Pour quelles raisons, on va le savoir bien vite !

On décrocha.

- Oui, bonjour, mademoiselle...

- ...

- Non, ce n'est pas pour une réservation ou des renseignements sur les martres à gorge jaune, c'est pour avoir le directeur....

- ...

- De la part du commissaire Delaporte, mademoiselle.

On le fit patienter. Puis, le directeur fut en ligne. Il connaissait très bien l'entrepreneur corse qui était venu souvent travailler à l'amélioration du zoo. Il avait notamment fait les clôtures en béton et grillage pour l'enclos des tigres. « Il se passionnait pour les grands fauves, précisa le responsable ». Mais il s'étonnait de ne plus le voir.

- Et la méhari ? demanda Delaporte.

- Ah oui, le zèbre. Tout le monde l'appelait comme ça.

Pour nourrir les antilopes. Beaucoup de succès auprès du public puis on a été obligé de la réformer. Un cadeau pour Tonio. Ça l'amusait, un véhicule rayé... Il pensait l'utiliser chez lui pour les chevaux de sa femmc. Mais le moteur a rendu l'âme, je crois et de plus, sa femme l'a obligé à la repeindre. Elle ne supportait pas un truc aussi hideux, disait-elle. Une chieuse, entre nous.

Comme Delaporte avait mis l'ampli, je pus profiter de la conversation. C'était la première que l'on écornait devant moi l'image de la belle Djedjica. Le commissaire nota lui aussi cette réflexion. Puis, après avoir raccroché, il tourna autour du véhicule. Khellif avait précisé « sous le zèbre ».

- Mais, il n'y a rien sous la bagnole, pestait-il en s'accroupissant sur la dalle de béton. C'est lisse, sans rainures, sans aucune trace de quoi que ce soit.

Il se releva, la mine contrariée. Ce fut alors qu'une idée me traversa l'esprit.

- Je dis peut-être une connerie mais rentrer une épave comme ça dans un garage si sophistiqué, c'est surprenant. Je la verrai plutôt remisée dans une grange ou même dehors.

- Non, c'est pas con. Allons voir les écuries ou les bâtiments agricoles.

Et béquille en main, je suivis le policier jusqu'aux écuries. Les boxes étaient vides. Les chevaux étaient en pension au centre équestre où Agathe avait ses habitudes. Le grenier à foin était presque vide lui aussi, seules quelques bottes de paille s'empilaient à la va-vite sur le sol, dans la grange. Cela donnait l'impression d'un dépôt précipité à cet endroit.

Delaporte, avec une vivacité surprenante, empoigna les ballots et les balançait en dehors de la remise. J'évitai de justesse l'un d'entre eux.

- Regardez, là, les traces de pneus et cette terre visiblement tassée à la pelle comme si on avait...

Il ne poursuivit pas et à nouveau dégaina son téléphone. La scientifique vint dans l'heure. Et pendant ses soixante minutes, le policier ne chôma pas. Il fit venir Zoldan qui revenait de Paimpol. L'adjoint était passé voir la maîtresse du corse. Sa déposition pourrait sans doute apporter des informations complémentaires.

- Alors, qu'avez-vous trouvé, demanda le supérieur à son adjoint quand celui-ci sortit de sa voiture banalisée ?

- Et bien, tout d'abord, répondit Zoldan en me jetant un regard noir, (je sentais qu'il en avait assez de me voir dans encore dans ses pattes), le Corse n'a plus donné vie depuis le 8 février. Il a posé un lapin à sa maîtresse alors que cette dernière l'attendait chez elle. Ce n'était pas dans ses habitudes car le gars est d'habitude ponctuel. Il a, comme qui dirait, de gros besoins affectifs et manque passablement de patience. En gros, il zappait les préliminaires pour s'envoyer sa...

- Oui, Zoldan, passez-nous les détails, réagit Delaporte en soupirant.

- Mais c'est important. Parce que le Corse, il ne trouvait pas chez lui que ce qui le satisfaisait. Sa maîtresse dit même que sa femme ne s'intéressait pas à la bagatelle et qu'en sept ans de mariage, il n'a pas eu grand-chose à se mettre sous la dent...

Les propos de Zoldan étaient d'une lourdeur écoeurante à l'image de son personnage. Mais je pensais qu'il en rajoutait parce que j'étais là. Je déclenchais chez lui une animosité qui se manifestait par des mots orduriers.

Puis la scientifique débarqua. Je compris que je devais rentrer. Je donnai un petit coup de fil à Agathe pour qu'elle passe me prendre à la sortie du boulot. Il était onze heures trente. Elle sortait à midi. Delaporte me salua d'un rapide signe de tête. Je compris qu'il était à nouveau plongé dans son enquête. Aidé de ma béquille, je quittai les lieux qui risquaient de perdre leur insouciance. Un petit banc, à côté d'un bosquet d'hortensias, m'accueillit pour tuer l'attente. Tuer, le mot me semblait d'une cruelle actualité. Si on exhumait là, dans ces écuries tranquilles, le cadavre du mari de Djedjica, l'image de la belle jeune femme brune disparaîtrait pour laisser place à une tout autre personne.

Ce ne fut que deux jours plus tard que le commissaire me rappela. La scientifique avait bien découvert un corps dans la grange. C'était, sans surprise, celui de Bonitiovani. Égorgé. Et enseveli sans autre forme de procès dans un tapis persan sous l'emplacement habituel du zèbre. Et par conséquent, son épouse, la belle Djedjica ne pouvait, non seulement l'ignorer mais était complice du meurtre.

Delaporte et Zoldan partirent l'après-midi même pour Rennes. Ils voulaient, selon les dires de Delaporte, « cuisiner sévère », la suspecte numéro un du crime.

Le lendemain soir, le procureur de la République fit une conférence de presse et le journal régional télévisé en fit ses gros titres. Agathe et moi, étions devant l'écran. Delaporte nous avait donné un rapide coup de fil pour nous en avertir. Nous écoutâmes avec attention ses déclarations. Djedjica avait avoué. Folle de jalousie et d'humiliation et même si elle se savait mauvaise épouse, amante, précisa Agathe, elle aimait son mari. Mais à l'issue d'une scène conjugale ou Bonitiovani annonçait qu'il allait divorcer, la mettre dehors, vendre ses chevaux et la laisser sans le sou, elle perdit la tête. Elle appela son oncle, qu'elle désignait ainsi aux policiers. Celui-ci était constamment à proximité ; (il dormait comme un vagabond dans la grange). Et son intervention fut radicale. Un précis coup de couteau expédia Tonio vers un monde meilleur.

Y avait eu préméditation ? Le procureur, avec une prudence toute judiciaire, ne répondit pas à la question des journalistes. « Il est trop tôt pour l'affirmer », déclara-t-il. « Les prochains jours le préciseront », conclut-il en quittant les lieux de la déclaration.

- Voilà, s'exclama Agathe en soupirant, l'affaire est bouclée.

- Oui, mais ce dénouement nous a bien éloigné de l'impasse des trépassés, répliquai-je avec un ton fataliste.

- C'est certain. Mais oublie donc Saint-Brieuc. De toute façon, tu vas vendre là-bas ?

- Oui, je signe dans quinze jours. J'aurai d'ailleurs besoin de toi...

- Pour faire taxi ? Bien sûr, mon amour si....

- Si quoi ?

- Si tu promets de m'épouser !

- Pour finir dans un tapis, six pieds sous terre dans ton écurie, merci bien.

Elle trouva l'allusion sordide mais elle finit par en rire. Je l'épousais six mois plus tard... quelques avant semaines que Djedjica se suicide en prison.

Mais pourquoi, un tel geste ? Le jugement allait lui attribuer quelques circonstances atténuantes. Elle en prendrait pour huit ans, peut-être moins. Alors pourquoi se laisser aller à l'irrémédiable ? Delaporte vint me l'apprendre au manoir.

- Félicitations pour votre mariage, commença-t-il. Je vous remercie de votre invitation à laquelle je n'ai pas pu me rendre mais comme je vous l'avais précisé, Cathy et moi, étions en Afrique du Sud, à cette époque, en amoureux.

- Eh ben alors, vous allez bientôt aussi y passer, au mariage ?

- Eh oui, comme vous, j'ai bien peur de ne pas y échapper...

- Il y a pire, dis-je

- Justement, cher ami, il faut que je vous apprenne quelque chose de peu réjouissant.

Son ton soudain grave m'alarma. La fille de Leblanc s'était donné la mort la veille en se pendant dans sa cellule avec un fil électrique, volé à l'atelier de la prison. On pensait qu'elle avait bénéficié de complicité. Mais, horreur supplémentaire, elle avait laissé un mot qui expliquait son geste.

- Des remords, fis-je, terrassé par la nouvelle ? Elle ne se pardonnait pas pour son mari ?

- Hélas, non.

- Mais qui d'autre ? Pour son père ?

- En quelques sortes, oui ?

Je ne comprenais pas bien.

- On parle bien de Khellif ?

- Malheureusement non mais de Leblanc. Elle a su très tôt, vers dix ans qui était son vrai père et elle en a voulu à mort à l'officier de l'avoir adoptée. Il l'avait spolié d'une filiation naturelle et même si elle est parvenue à jouer le jeu de la gosse aimant son gentil papa qui l'avait sorti de la misère, elle a fomenté une vengeance terrible. Elle s'est procurée de la mort-aux-rats et elle en a mis tous les jours dans le café de Leblanc, de 1997 à 2004, où l'empoisonné est devenu malade. Et elle a rajouté un détail sordide, elle a testé le produit sur le chien d'un clochard.

- Merde, le clebs de Simon, le pauvre.

Je pensais avoir touché le fond de l'abomination avec l'assassinat de Bonitiovani mais là, je découvris d'autres poches souterraines de l'âme humaine. Qu'une jolie femme délaissée et à l'enfance malheureuse, en vienne à laisser son époux se faire égorger, je reconnaissais le concevoir. Mais là, empoisonner un homme - maladroit certes, sans doute excessivement possessif, voire buté - c'en était trop.

A son retour du boulot, Agathe me trouva effondré. Je dus lui révéler la mort de celle qui avait été son amie mais je me gardai bien de lui dire pour l'empoisonnement de Leblanc. Je lui laissai la délicatesse de l'appendre dans la presse deux jours plus tard. Elle fut atterrée.

Cependant, en témoignage de sa fidélité, elle fit quelques jours plus tard, un geste que j'appréciai beaucoup. Pour éviter que les animaux ne soient vendus aux enchères, elle acheta les deux chevaux de son amie et les installa dans les écuries du manoir. Je décidai comme j'étais devenu rentier de m'en occuper. Je me remis à cheval, fis aménager une carrière et suivis un entraînement quotidien en selle. J'envisageais même de participer à des concours avec mon épouse. Jusqu'au jour, où, je ne sais plus comment, mon cheval prit peur d'un vol d'étourneaux qui rasait les peupliers de la carrière, où d'un chat qui sortit subrepticement d'une haie, voire d'une étrivière déficiente, je me ramassais un gadin mémorable.

Delaporte vint me voir à l'hôpital avec tout un stock de polars. Il me tutoyait maintenant.

- Tiens, Bastien (il aimait jouer sur les sonorités), je t'ai ramené de la lecture. Tu peux t'en inspirer pour écrire tes premiers romans noirs. Je te donnerai des conseils de flics, si tu veux, mais je t'en prie, arrête de faire du sport. Agathe m'a fait promettre que je te le dirai. Et Cathy aussi se fait du souci pour toi.

- Tu crois vraiment, murmurai-je en contemplant mon épaule gauche démise et ma cheville droite luxée.

- Oui, fais-nous une petite bafouille tirée d'une histoire vraie, dans une cité moyenâgeuse...

- Une impasse, peut-être ?

- Avec un souterrain... Ce serait très bien.

Cathy et Agathe rentrèrent à ce moment-là, dans ma chambre. Elles mirent beaucoup de temps à calmer notre fou rire.

Saint-Maurice l'Exil, le 30 octobre 2013

Autres titres de Breizh Noir

N°001 : ***Vengeance tardive, baie de Saint-Brieuc,*** par Bruno Ségalotti
N°002 : ***Cauchemar sur Lannion,*** par Michel Dozsa
N°003 : ***Rififi chez les poulets dans le Finistère,*** par Laurent Ségalen
N°004 : ***Bières pour blondes à Rennes,*** par Guénolé Troudet
N°005 : ***Impair et Cash à Plérin,*** par Laurence Levée
N°006 : ***Les brumes de Saint-Briac*** (avril Mortel), par Sylvie Vadis
N°007 : ***Le cimetière des oubliés, de Saint-Quay à Erquy,*** Eric Rondel
N°008 : ***Des Huiles sur le feu,*** par Chris Bourgault
N°009 : ***Auray, ô désespoir*** (novembre Mortel), par Sylvie Vadis
N°010 : ***Sur les traces du voyageur, Quiberon – Saint-Malo,*** Nelly Boisnard
N°011 : ***Traque d'enfer à Saint-Lunaire***, par R.G. Ulrich
N°012 : ***Le printemps des monstres de St-Quay à Plouha***, M. Dozsa
N°013 : ***Rue de l'Enfer,*** par Alain Emery
N°014 : ***La treizième seconde du phare d'Eckmühl,*** par Claude Dayan
N°015 : ***Crédit Fric à Brest,*** par Laurent Ségalen
N°016 : ***Un gendarme dans la tourmente***, par Jean-Noël Crezé
N°017 : ***le cygne noir*** par Anne Le Jeloux Chauvel
N°018 : ***Changement de ton à Concarneau,*** par Michel Dozsa
N°019 : ***Belle-mère, beau meurtre, Quiberon,*** par Guénolé Troudet
N°020 : ***Trégor terre fatale***, par Bruno Ségalotti
N°021 : ***Rencontre fatale*** par Hervé Bourhis
N°022 : ***Enfer et Paradis***, par Chris Bourgault
N°023 : ***Coquillages et Macchabées*** par Guénolé Troudet
N°024: ***Les Ombres de Brocéliande***, par Eric Rondel
N°025 : ***Le radeau de l'amnésique***, par Lionel Rioche
N°026 : ***Cap du désespoir***, par Chris Bourgault
N°027 : ***Cherche tueur en CDD***, par Guénolé Troudet
N°028 : ***Bol d'air au Crouesty***, par Myriam Le Moigne
N°029 : ***L'Orphelin de Saint-Vincent***, par Chris Bourgault
N°030 : ***Le rhum est dans la mélasse***, par R.G. Ulrich
N°031 : ***Le tribunal des insoumis***, par Eric Rondel
N°032 : ***L'empreinte du gladiateur***, par Michel Dozsa
N°033 : ***Meurtre sur la Rance***, par Eric Rondel
N°034 : ***Gibiers de potence***, par Alain Emery
N°035 : ***Le gendarme et son dilemme,*** par Jean-Noël Crézé
N°036 : ***Un coup de trop,*** par Hervé Bourhis
N°037 : ***Souviens toi que tu mourras***, par Bruno Ségalotti
N°038 : ***La 3ème perle de Lesconil,*** par Claude Dayan
N°039 : ***Longue traque à Pontivy***, par Anne Le Jéloux-Chauvel
N°040 : ***Came à l'Ouest*** par Chris Bourgault
N°041 : ***Haine et trahison à Vannes***, par Myriam le Moigne
N°042: ***Chimère noire,*** par Pierre Rabardel
N°043 : ***Navigation noire***, par Lionel Guillard

N°044 : ***Le scorpion du Guilvinec***, par Laurence Parlant
N°045 : **Mystérieuse série noire sur Morlaix** par Laurent Ségalen
N°046 : ***Trois cas à Saint-Cast***, par A.B. Cédaire
N°047 : ***Pagaille en Cornouaille***, par Gérard Hervé
N°048 : ***Ultime combat en Brocéliande***, par Anne Le Jéloux-Chauvel
N°049 : ***Naufrages en eaux troubles,*** par Alain Lozac'h
N°050 : ***L'Egorgerie de la Rance*** par Eric Rondel
N°051 : ***Fin de cavale à Erquy*** par Chris Bourgault
N°052 : ***Meurtre sans bruit dans Landerneau***, par Gérard Hervé
N°053 ***: Maître vengeur en pays rennais,*** par Nelly Boisnard N°054 : ***Rance et rancœur***, par Sylvie Vadis
N°055 : ***La nuiteuse de Recouvrance***, par Jacques Caouder
N°056 : ***Les larmes du mal***, par Guénolé Troudet
N°057 : ***Rumeurs à Saint-Renan***, par Jacques Caouder
N°058 : ***La malédiction de Crozon***, par Gérard Hervé
N°059 : ***Qui a tué le jardinier à Pontivy***, par Anne Le Jéloux-Chauvel
N°060 : ***Effets de bombes, pays de saint-Malo***, par Lionel Guillard
N°061 : ***5ème symphonie tragique à Quimper,*** par Claude Dayan
N°062 : ***Barbecue mortel à Saint-Malo*** par Chris Bourgault
N°063 : ***Mort sur les docks… à Saint-Malo*** par G. L. Saulnier
N°064 : ***Le fantôme des trépassés*** par Edith Vacher
N°065 : ***Les trucidés de l'impasse*** par Bernard de Fonclare

Dépôt Légal 4ème trimestre 2013
ISBN : 978-2-84583-334-0
Imprimerie de Guingamp
REPRODUCTION INTERDITE